U0567807

韩国 MBC 电视台独家正版授权

朝鲜时代梦幻爱情剧

阿娘使道传

[韩]郑允静 著

世界图书出版公司
北京·广州·上海·西安

등장 인물

아랑

*"안 죽어 봤음 말을 마.
나름 다 절박한 이유들이 있다고!"*

천방지축이다 못해, 단순, 무모, 뻔뻔, 또라이라서 사랑스러운 원귀.
문제가 생기면 일단 행동이 먼저 앞선다.
행동이 다소 단순 무식해 보일지 몰라도 갑작스런 위기를
기회로 바꾸는 맹랑한 면도 겸비하고 있다.
세고 센 원귀들 사이에서 살아남기 위해 매사에 강한 척 센 척,
억척스러운 원귀처럼 무장하고 있지만 사실은 겁도 많고 여리다.
생전의 기억을 잃었기에 자신의 존재를 알아내기 위해
갖은 노력을 다하는 중~

은오

*"부탁을 하고 싶으면 사람이 되어 돌아와.
귀신은 딱 질색이니까!"*

전 재상 김응부 대감의 서얼.
세상 모든 것에 아웃 오브 안중 마크를 붙여 놓고
마음이 갑갑해 지노라면 조선팔도 한번 휘~익 돌며
유랑 생활을 즐기는 한량 도령이다.
그러다보니 어디 한 곳에 진득히 정을 붙이지 못하고
'여자도 몰라', '출세도 나몰라'가 되어버렸다.
어렸을 때부터, 귀신이 보일 뿐더러 만지고
대화까지 가능하다보니 귀찮은 일이 이만저만이 아니다.
청을 들어달라고 부탁하는 원귀를 내쫓는 일에도 이골이 나서
고품격 까칠함과 도도한 품성이 저절로 몸에 배였다.

옥황상제
천상을 다스리는 왕 중의 왕
나이는 알 수 없지만 일단 보이는 비주얼은
눈부신 청년. 최고의 관심 분야는 여자,
복숭아, 예술 그리고 내기.

무영
과묵하고 단단한
심성을 가진 저승사자.
표정이 없어
속내를 가늠하기 힘들다.

염라대왕
자신의 말이 곧 천상의 법과
원칙이라 생각하는 원리원칙 주의자.
옥황상제와 이란성 쌍둥이라는 소문이?

홍련
윤달 보름마다 주왈에게서
영이 맑은 인간을 제물로 받는
의문의 여인.

돌쇠
은오의 수발 종. 단순하고 현실적이며
은근 할말 다 하는 스타일.
힘이 장사여서 별명이 미친 황소다.

방울
귀신이 보이지는 않고
목소리만 들리는
애매한 신기를 갖고 있다.
아랑을 떼어내고 싶다.

최주왈
최대감 집 도령.
반듯하고 준수한 외모 속에
차가운 면이 숨겨져 있다.

최대감
밀양의 실세이자 탐욕의 상징같은 존재.
강한 자에게 약하고
약한 자에게 한없이 강하다.

出现的人物

→ 阿娘

"没经历过死亡就闭嘴。
我有我如此迫切的缘由！"

冒失、单纯、毛躁、厚脸皮，又活像个小混混的可爱冤鬼。遇到事情就喜欢行动为先。虽然其行为有时看起来有些单纯无知，但在遇到突发情况时又常常能够将危机化为机会。为了在众多强悍的冤鬼中存活下来，总是装得很强硬、凶狠。虽然她把自己扮成一个狠毒的冤鬼，但实际上却非常胆小、脆弱。因为遗忘了生前的记忆，所以正竭尽全力找寻自己的过去……

"求我办事就先变成人再来。
最讨厌的就是鬼魂来找我！"

→ 银悟

前任宰相金应富大人的庶子。心情郁闷的时候就喜欢去流浪，自己走遍朝鲜八道，是个目空一切的大少爷。这使得他不求美色，也不求出人头地。他从小就能看到鬼魂，甚至可以触摸鬼魂并与其交谈，因此经常受到各种烦扰。在无数次拒绝过众多冤鬼的请求后，他自然而然就形成了挑剔、孤傲的性格。

玉皇大帝
掌管天庭的王中之王。没人知道他的年龄，单从外表来看，是个外貌出众的青年。对女人、桃子、艺术及打赌尤为感兴趣。

巫灵
沉默寡言，性格刚硬的阴间使者。总是面无表情，令人难以捉摸。

阎罗大王
凡事讲求原则，认为自己所讲的话就是天庭的法规和准则。居然有传闻说，他和玉帝是异卵双胞胎？

红莲
每逢闰月十五，向朱日索取纯净灵魂作为祭品的奇怪女子。

石铁
银悟的随从。为人单纯、现实，敢说话。因为力气大，所以人称"疯牛"。

铃铛
能听到鬼的声音，却看不见鬼。总想把阿娘赶走。

崔朱日
崔大人家的公子。在俊秀、端正的容貌下，隐藏着冷酷的性格。

崔大人
密阳的掌权者，贪欲的象征。是一个典型的欺软怕硬的人。

인물 관계도
人物关系图

李中勋
（前任密阳府使）
李书琳之父
이중훈
(전 밀양 부사)
이서림父

김응부 대감 金应富大人
은오父　　银悟之父

서씨(노비) 徐氏（奴婢）
은오母　　银悟之母

서얼출신（庶子出身）
은오 银悟

아랑 阿娘
/이서림 李书琳

수발 종
随从

돌쇠
石铁

방울이
铃铛

천상 세계
天上世界

옥황상제
玉皇大帝

염라대왕
阎罗大王

무영 巫灵
저승사자 阴间使者

홍련
红莲

최주왈
崔朱日

최대감
崔大人

양자
义子

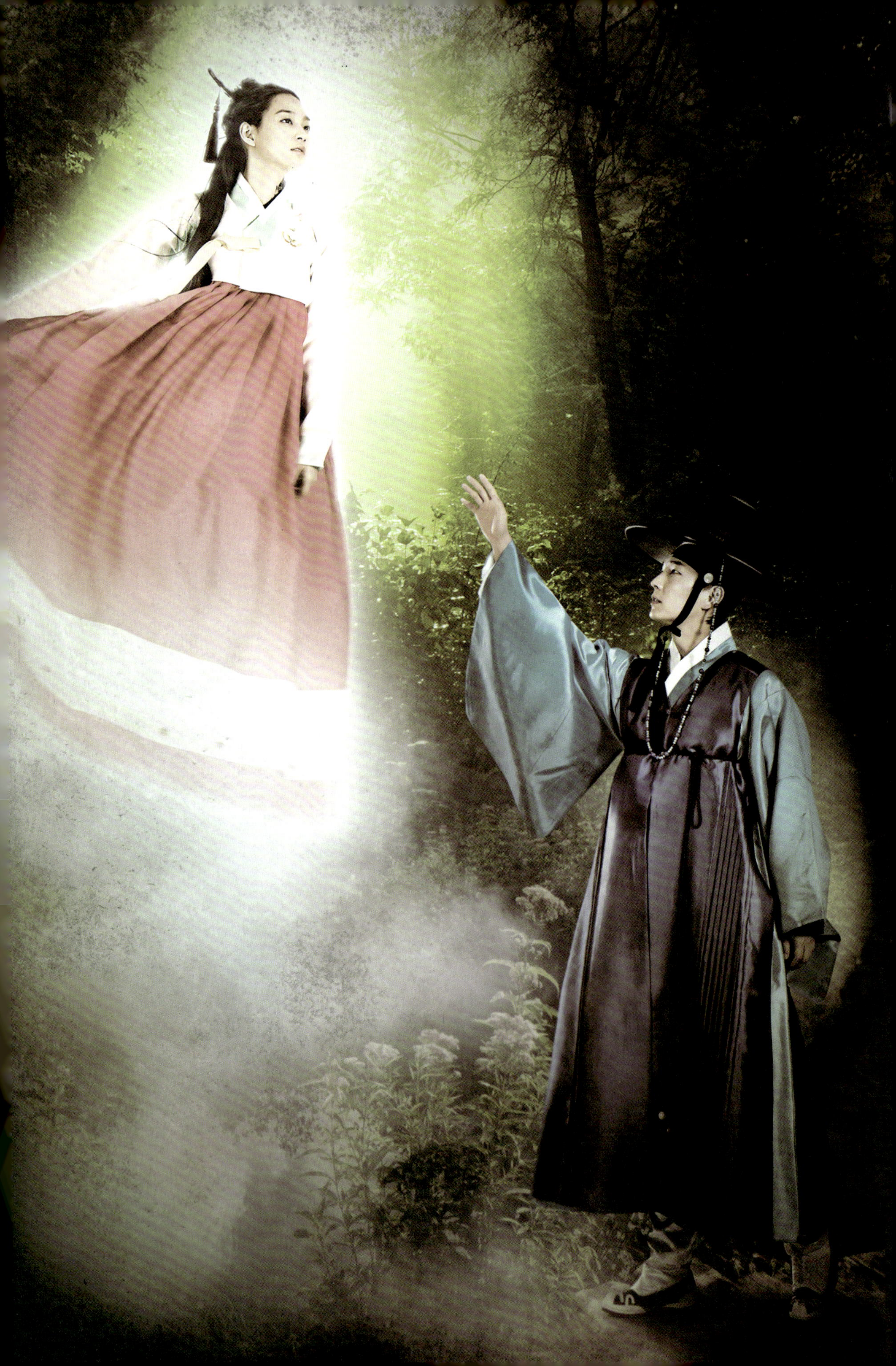

차례
目录

episode 1 운명처럼 시작된 인연 · 1
　　　　　　命中注定的缘分

一. 천방지축 처녀 귀신 아랑（毛躁女鬼阿娘） 　2
二. 밀양 사또가 된 까칠 도령（成为密阳使道的挑剔公子） 　24
三. 의문의 비녀, 모심잠（可疑的发簪，母心簪） 　48
四. 정혼자 주왈 도령（未婚夫朱曰公子） 　72

episode 2 저승 세계 왕들의 내기 · 89
　　　　　　阴间帝王之间的赌局

五. 구겨진 여자의 마음（女子受伤的心） 　90
六. 빗물에 드러난 주검（雨中现尸体） 　110
七. 저승으로 간 아랑（去了阴间的阿娘） 　128
八. 사람으로 돌아오다（变成人回到阳间） 　142

episode 3 죽음의 진실을 찾아서 · 167
　　　　　　寻找死亡真相

九. 영이 맑은 아이（灵魂纯净的孩子） 　168
十. 죽어도 죽지 않는……（死了也不会真死的……） 　186
十一. 드러난 골묘（发现骨墓） 　206
十二. 어둠의 그림자（黑暗里的影子） 　226

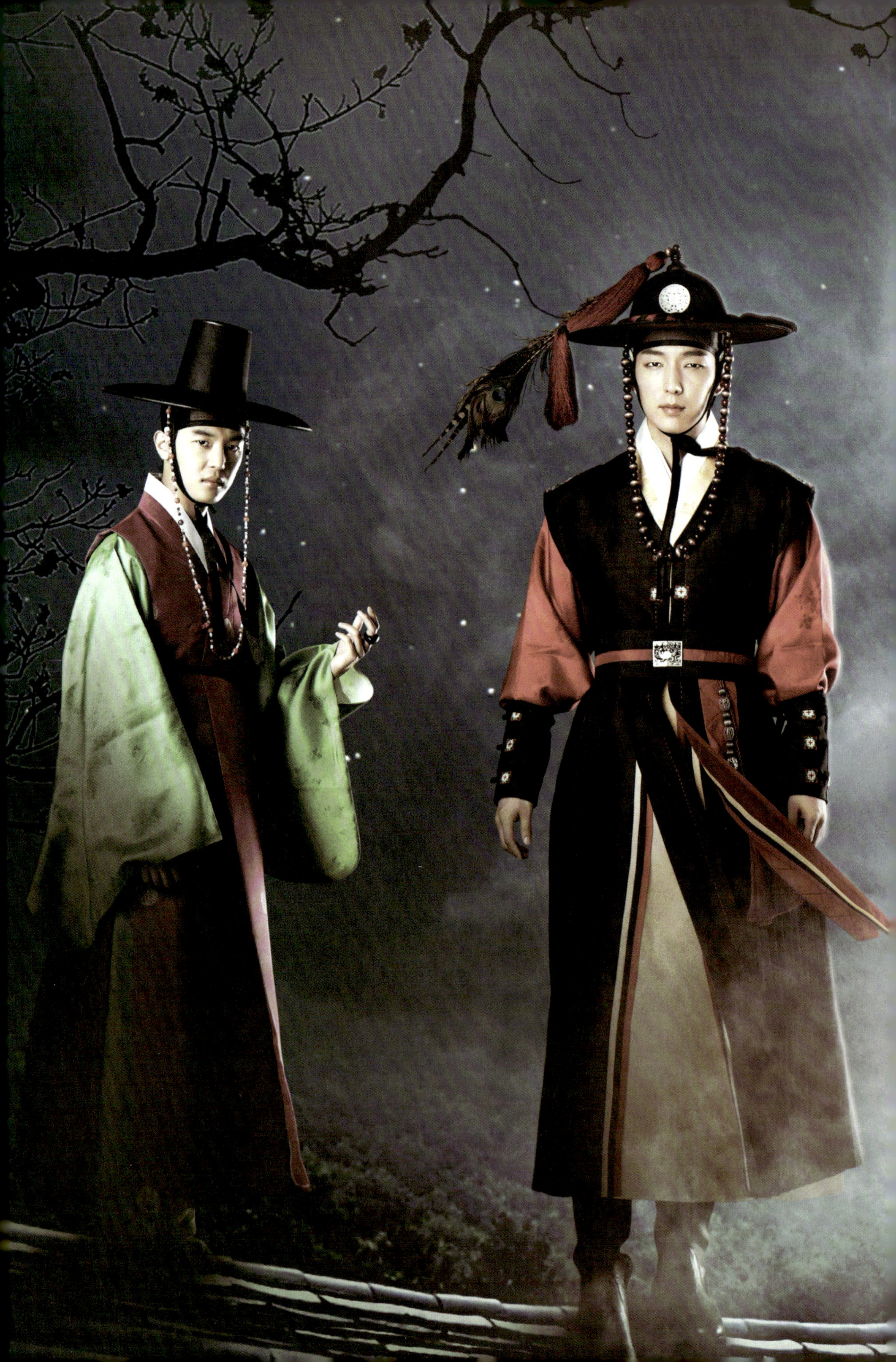

episode 1

운명처럼 시작된 인연
命中注定的缘分

천방지축 처녀 귀신 아랑 [1]

때는 조선시대 중기 즈음,
인간의 욕망이 극에 달해
세상은 흉흉해지고 자연은 피폐해진다.
혼란의 와중에
이승과 저승의 경계가 무너지고
죽은 자가 이승에 남아 활개친다.
귀신은 사람을 볼수 있으되
사람은 귀신을 볼수 없으나
유일하게 귀신을 볼수 있게 된 도령이 있었으니
3년 전 사라진 어머니를 찾아
밀양으로 향한다. [2]

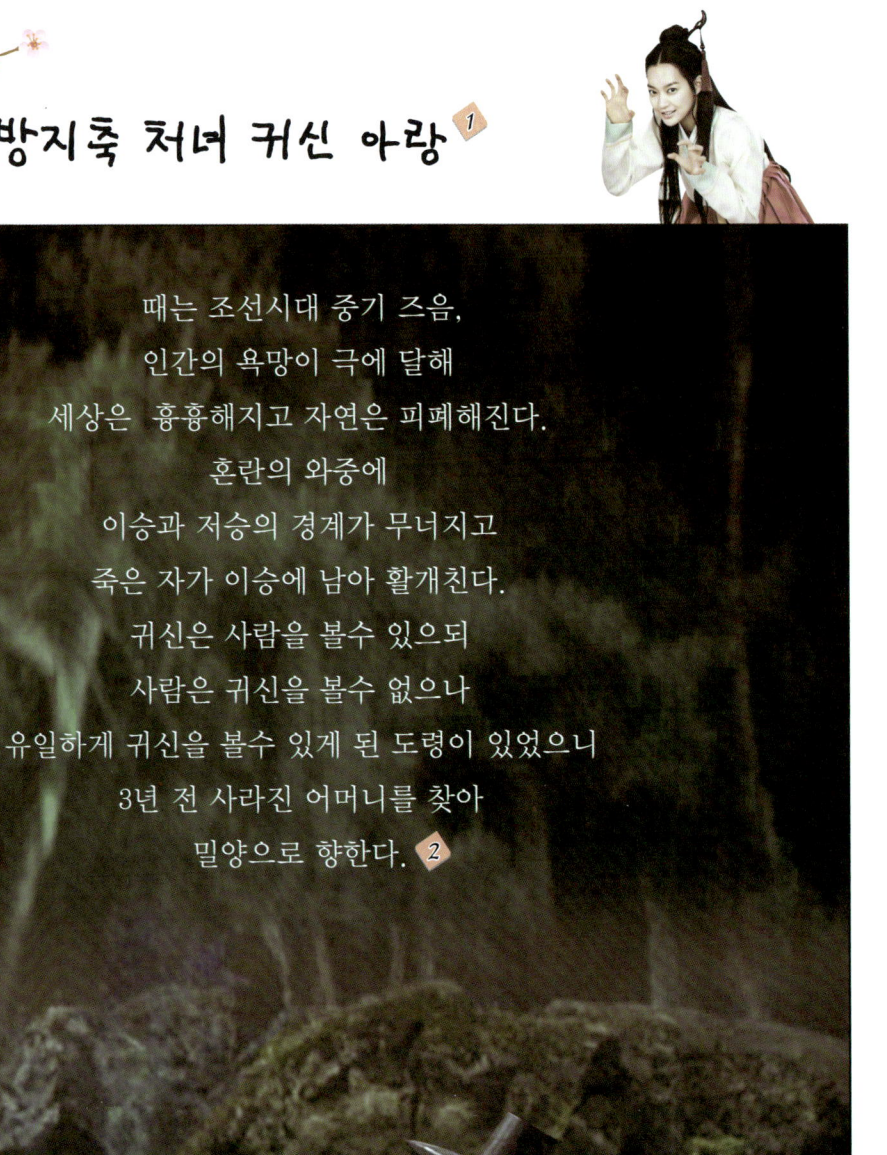

[1] 毛躁女鬼阿娘
[2] 大约在朝鲜时代中期，人的欲望膨胀到了极点，人世慌乱，自然颓败。一片混乱之中，阴阳两界渐渐瓦解，亡者留在阳间肆意横行。鬼魂可以看见凡人，而凡人却看不见鬼魂。唯有一公子可识见鬼魂，于是前往密阳，去寻找三年前失踪的娘。

1. 도련님?
2. 아! 도련님?!
쑥
3. 똥 누는 사이 잠드는 사람이 어디 있습니까요? 귀신이 머리카락 세니까 중간 중간 기침 소리 좀 내달라니까.
4. 귀신은 무슨……
주섬 주섬
5. 그래서 내가 너한테 잘못했다고 해야 되냐?
6. 돌아가신 도련님 외조부님이 몰라서 못 하는 건 괜찮다고 하셨습니다요~ 미안타, 고맙다, 사랑한다. 이런 말 못하잖아요~
7. 그런 걸 알아 무엇하냐? 후~덥다. 한바탕 쏟아지겠구나~

1 少爷？
2 啊！少爷？！
鑫：嗖地一下，迅速看过去的样子。
3 哪有人趁别人方便的时候睡着啊？都说了，怕有鬼扯我头发，让你时不时地咳嗽一声。
주섬주섬：形容一件一件地慢慢穿衣服的样子。
4 哪有什么鬼啊……
5 所以需要我向你道歉吗？
6 您过世的外祖父曾经说过，不知者不为过。您不是不太会说"对不起"、"谢谢你"、"我爱你"之类的话嘛。
7 知道那些有何用？呼……好热啊。看来要下一场大雨了。

3

콰쾅：轰隆隆（打雷的声音）
번쩍：一闪面过的样子。

1. 이것들이 나를 따돌려?!
   这些人居然敢甩开我?
   파앗：啪的一声。
2. 지금까지 누구 덕에 먹고 살았는데……
   也不想想你们一直靠谁养着……
3. 죽었어!?
   死定了！？
   질끈：扎紧或勒紧的样子。
   부웅：(阿娘) 穿过树林时发出的声音。
   팟：(阿娘) 穿过树林时发出的声音。

1	그……그래도 아랑이 있는 것이 낫지 않어?
2	몫을 더 나누자는 거야?
3	행동 개시야! 뒷놈들부터 잡고 있으라고!
4	으악
	덥썩
5	윽?!
6	켁!
	획
7	크윽
8	어?
	찌릿
9	왜 이리 늦었나? 얼~마나 기다렸는데.
10	날 물 먹여?

스으：突然出现的样子。
1 还，还是阿娘在，比较好吧？
2 你还想多分一杯羹吗？
3 开始行动！先抓住后面那几个！
4 袭击别人时发出的声音。
　덥썩：猛地一下。
5 挨打时发出的声音。
6 挨打时发出的声音。
　확：忽地一下。
7 挨打时发出的声音。
8 嗯？（吃惊）
　찌릿：目光锐利、刺人的样子。
9 怎么这么晚才来？等了你很久呢。
10 竟敢耍我？

퍼억 : 打人时发出的声音。
① 아구구~ 哎哟哟！（挨打时发出的声音）
철푸덕 : 被打倒在地时发出的声音。
② 제삿밥 못 얻어먹는 신세는 니들이나 나나 마찬가지거든? 你们还不都是一群没人祭祀的野鬼，跟我有什么区别？
③ 칫…… 切……（表示鄙视、嘲讽）
④ 추귀다! 捉鬼的来了！
헉 : 受惊吓的样子。

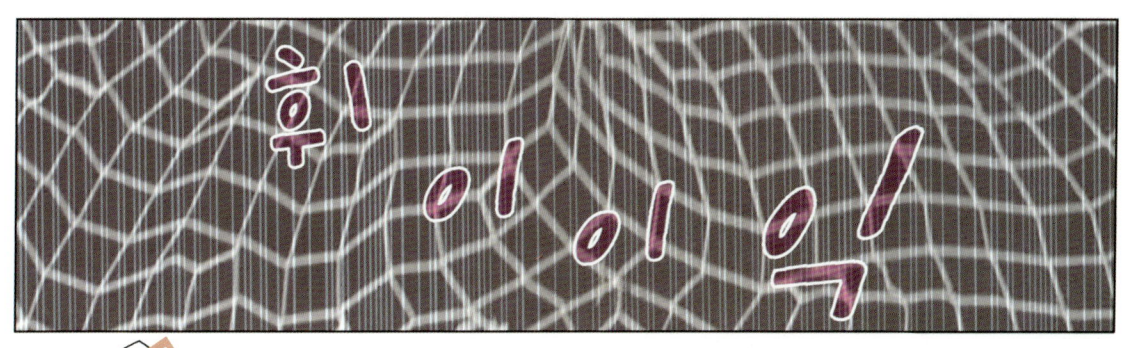

휘이이익:飞快地、嗖地一下。
1 啊……啊！（哀号声）
투욱:被网罩住的声音。
슈우우우:（阴间使者）从天而降的声音。
덜덜덜:吓得哆嗦的样子。
휙:迅速转过头去看的样子。

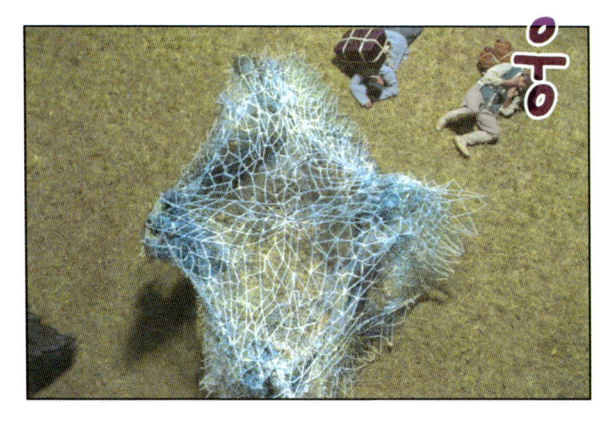

우웅：嗡的一声。
차아앙：施法发出的声音。
웅：被网罩住的声音。
촤악：用绳拴住时发出的声音。
켁：被绳套住发出的声音。
꽉：使劲地、紧紧地（抓住）

멈칫:突然停住。
획:迅速转过头去看的样子。

1. 怎……怎么？怎么了？
2. 没什么。
3. 夫人确实是在密阳失踪的吗？
4. 如果只是谣传，我们就不要去那个诡异的村子了吧。
5. 怎么诡异了？
6. 据说那个村子破败得经常有鬼魂出没呢。
7. 什么鬼魂……
8. 啊，真的。听说好几任使道都在上任那天夜里见到鬼被吓死了。（使道：古朝鲜官职）
9. 好死不如赖活着。
10. 这世上哪有鬼啊？

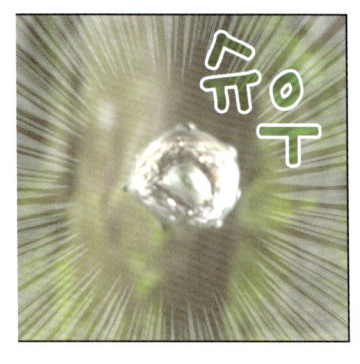

다다다 : 飞跑时发出的声音。
꽉 : 使劲地、紧紧地（抓住）
쌔앵 : 嗖的一声（擦身而过）。
슈우 : 物体飞过的声音。
슈우우 : 物体飞过的声音。

퍽:打人时发出的声音。
스윽:嗖的一声（擦身而过）。
탁:用手握住的声音。

치잇:哼！（不满、抱怨）
힐끔:偷偷瞟一眼的样子。

① 뭐헙니까? 얼렁 갑쇼! 날 밝으면 넘자니깐!

탁탁

힐끔

② 고매하신 저승무반께서 어쩌다 원귀 따위나 잡으러 다니는 추귀가 되셨나? 황천강에서 날 놓치지나 말든가.

③ 아랑, 사사로운 복수는 상제의 법으로 금하고 있다. 원한을 풀어주겠다며 원귀들을 부추기고 이승을 혼란시킨 네 죄값이 결코 가볍지 않을 것이다.

④ 상제의 법 좋아하시네. 목마른 놈이 우물 파는 게 바로 법이야. 그게 싫으면 알아서 우물을 제대로 파주던가.

……

① 干什么呢？快点走吧。都说了等天亮再走……
탁탁：走路发出的声音。
힐끔：偷偷瞟一眼的样子。

② 像您这样身份高贵的阴间武官怎么追着我们这等冤鬼到处跑？当初在黄泉路上倒是抓住我啊。

③ 阿娘，为个人恩怨而报仇，是玉帝禁止的事情。说要替冤鬼们申冤，带着他们在这人世间胡闹，你的罪名不轻啊。

④ 少拿玉帝说事。本来就是谁口渴了谁挖井。你要是不喜欢，倒是先替我挖井啊。

팽팽：紧绷的样子。
꽉：使劲地、紧紧地（抓住）
슥：轻轻取出来的样子。
아：疼痛的样子。
휙：使劲往外扔的样子。

1. 복숭아꽃 좋아하지?!
   你喜欢桃花吧?
   싸악：划破手发出的声音。
   횡：" 噌 "地一下消失不见。
2. 아랑!
   阿娘!

획 : 迅速转过头去看的样子。
투둑 : 飞跑时发出的声音。

1. 쯧쯧……（咂嘴声）
우르르 : 打雷的声音。
쾅 : 打雷的声音。
번쩍 : (雷电)闪烁的样子。
폐서낭당 : 破庙

쏴아아아 : 雨水倾泻而下的声音。
벌컥 : 猛地一下。

2. 我说这天怎么一直在那放屁呢。
3. 看来今晚是走不出去了。就在这凑合一宿吧。
툭 : 雨水掉落的声音。
버럭 : 勃然大怒的样子。
4. 哎呀！所以我不是早就说等天亮了再走嘛！

쏴아앙아

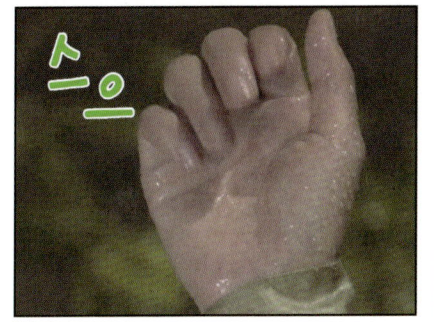

헉 헉 헉

욱신 욱신

스으

1. 망할 영감탱이! 옥황상제면 다야?!

천상 무극정

2. 에에취이!

3. 누가 내 욕 하나봐~

혁：大声喘粗气的样子。
욱씬：血痕斑斑的样子。
스으：轻轻收起时发出的声音。

1. 该死的老头子！玉皇大帝了不起啊！
   천상 무극정：天上无极亭
2. 阿嚏！（打喷嚏的声音）
3. 看来是有人在骂我啊。

천상 정원

1. 뭘 그리 골똘히 생각해?

2. 그렇지!

출렁

3. 뭐하고 있는가? 빨리 하잖고!

4. 어······어······

천상 정원：天上庭院
1 你想什么呢，那么认真。
2 对啊！
  出렁：晃动、摇晃的样子。
3 干什么呢？还不赶快下！
4 嗯……嗯……

1. 随便下吧。反正都是你输。
2. 哦，是啊。
3. 那就随便放在这里？
   헉：吃惊的样子。
4. 哎哟，这……对不起啊，阎罗。原本没打算赢你的……
5. 巫灵到底抓没抓到那孩子啊……
   부들："부들거리다"的词根、表示身体发抖的样子。

17

폐서낭당

드르렁 드르렁

……

1. 여긴 오지 말라고 몇 번을 말하니?! 죽더라도 네 애비 집 마당에서 죽으라고 내 몇 번을 말해!

2. 나도 몇 번을 말해? 아버지 집은 싫다고! 어머니와 살 거라고요!

3. 아버지랑 살면 양반의 자식이 되는 거야? 이래도 천 것, 저래도 천 것이야! 그러니 맘이라도 편하게 어머니와 살겠다고요!

4. 넌 천 것이 아냐! 네 외가가 어떤 집안이었는데! 어떤 집안!

5. 그놈만 아니었다면……

6. 그만 좀 해! 이럴 거면 어머니 같은 건 처음부터

7. 없었으면 좋았잖아!

폐서낭당：破庙
드르렁：打呼噜发出的声音。

1. 跟你说过多少遍，不要来这里！就是死也要死在你父亲家的院子里，我说过多少遍了！
2. 我也说过多少遍了！我讨厌父亲的家。我要和您一起生活！
3. 跟父亲一起生活就能成贵族的后代吗？这样也是贱命，那样也是贱命！那还不如跟着您，至少心里舒坦一些！
4. 你可不是贱命！你外公家原来是多么显赫的人家！多么显赫！
5. 要不是那混蛋……
6. 不要再说了！要是这样，娘这样的，
7. 还不如一开始就没有！

18

글썽 : 泪汪汪的样子。
후다닥 : 从外面跑进来的声音。

① 哼！（委屈、伤感）
　 벌컥 : 猛地一下，突然使劲的样子。
② 哇！（喜出望外的样子。）
③ 有火呀！
④ 干什么呢?
　 훌렁 : 迅速脱掉衣服的样子。
⑤ 以为变成鬼了就不会被淋湿了呢。这是什么呀。除了不怕冷，其他的跟人一模一样嘛！
　 헉 : 受到惊吓发出的声音。
⑥ 喂！喂！你干什么呢！

1. 嗯？（惊讶、惊奇）
   확：迅速抓住领口的样子。
2. 你是不是能看见我啊？
3. 看不见……看不见。
4. 明明刚才跟我对视了啊。喂，过路的，你能看见我吗？
5. 都说了看不见。
6. 呼……（吹气的样子。）
7. 忍忍吧。省得越来越麻烦。

1. 참자. 참아.
2. 나……보여?
3. 안 보인다고.
4. 시끄러!
5. 그래, 보일 리가 없지. 무당도 아닌 것 같은데.
6. 그래, 안 보인다고 몇 번 말해?
7. 과객은 무슨 사연이 있어 이 밤에 이 깊은 산을 넘는 거야?
8. 안 들려.
9. 뭐, 사연이 있어봤자 내 사연보다 깊겠어?
10. 비도 오는데, 내 사연 좀 들어 볼래?
11. 싫어. 안 들려.

---

1. 忍忍吧。忍忍。
   푹 : 使劲挤压脸的样子。
2. 你能看见我吗?
3. 看不见。
   드르렁 : 打呼噜发出的声音。
4. 真吵!
5. 是啊, 不可能看见的。看着也不像个巫师。
6. 对啊, 看不见。说了几遍了?
7. 过路的, 你到底有什么事, 要在深夜里过这座山啊?
8. 听不见。
9. 哎, 就算你有事情, 还能比我的事情更令人头疼吗?
10. 外面下着雨呢, 要不你听听我的故事?
11. 不要。听不见。

21

① 어휴~ 내가 말야, 정말 기가 막혀서……

② 젠장, 말 하지 마. 안 들려.

③ 내가~ 어느 날 눈을 떠보니까 저승사자를 따라서 걷고 있는 거야. 나 참 어이가 없어서.

두리번

두리번

④ 이제 정말 끝인가 싶었는데 글쎄,

스륵

⑤ 날 묶었던 붉은 오랏줄이 저절로 풀리는 거야. 내 그 길로 엉겁결에 뛰었지.

탁탁

탁

① 哎，我吧，真是烦死了。
② 真是的，不要说了。听不见。
③ 我吧。有一天一睁眼发现自己正跟着阴间使者走。真是不可思议。
　두리번："두리번거리다"的词根，表示左顾右盼的样子。
④ 还以为这就完了，但是，
　스륵：绳子悄悄解开的样子。
⑤ 绑我的那根红绳居然自己解开了。所以我就顺着那条路跑了。
　탁：迅速逃走的样子。

1 可是有一点很奇怪。就是我怎么想也想不起来自己到底是谁。不知道叫什么，也不知道因为什么死的……是不是很无语啊？
2 我到底是谁呢？你要是能看见我就好了，就可以拜托你点事情。
3 哎，该睡觉了。
4 嗯？要睡觉了？这么早？再听我说一会儿嘛。
5 疯了吗？多少人跟我说"你听我说"，听得我耳朵都长茧了。
6 我是那么想的。这都是玉帝那老头干的好事。等我到了那里，一定要找他算账。
7 叽叽喳喳，叽叽喳喳。这一定是说不了话憋死的鬼。
8 那我也要睡觉。晚安。
9 去……一边去，你这个疯鬼！
10 哎！怎么还有这样的人？去！一边去！滚一边去啊！

밀양 사또가 된 까칠 도령 [1]

① 成为密阳使道的挑剔公子
  움찔：睡醒前慢慢动的样子
  팟：突然一下醒过来的样子
  획：迅速转过头去看的样子
  벌떡：突然起身的样子
② 大笑的声音。

밀양 저자 거리

1. 쉬이~ 물렀거라~! 쉬이~!
2. 쉬이~ 물렀거라~! 쉬이~!
3. 누군데 저리 요란해?
4. 좌천되서 낙향한 최대감이라고 여기선 왕이랍니다요~왕!
5. 왕?
6. 그러니까 토끼굴에서 여우가 왕 노릇 하는 거랑 같은 거죠.
7. 쉬이~ 물렀거라~! 쉬이~!

……

밀양 저자 거리 : 密阳集市

1. 喂，让开！喂！
2. 喂，让开！喂！
3. 谁啊，那么吵？
4. 是降职来到这里的崔大人，据说他是这里的王！大王呢！
5. 大王？
6. 其实就是"山中无老虎，猴子称大王"呗。
7. 喂，让开！喂！

① 너 먼저 주막에 가 있어.

② 왜 따라다니는 거야?

③ 풍문에 듣자 하니 도령이 우릴 볼 수 있다 하여……

④ 안 보여.

⑤ 도령, 제발 도와주시오. 딸년이 하나 있는데…… 아 글쎄, 지 애비 죽인 놈을 은인으로 알고 혼인을 하려 하지 않습니까?

⑥ 꺼져!

⑦ 흥! 저 봐, 보는 거 맞잖아~! 귀신을 속이려고?

① 你先去客栈待着吧。
   탁：走路发出的声音。
   저벅：踱步的声音。
   획：迅速转过头去看的样子。
② 为什么跟着我？
   스으：突然出现的样子。
③ 听说公子您能看见我们……
④ 看不见。
⑤ 公子，求您帮帮忙。我家里有个女儿，哎，她居然把杀父仇人当成恩人，要跟他结婚……
⑥ 走开！
⑦ 哼，看，不是能看见嘛！还想骗鬼？

26

초가 여염집

① 아아~ 그래요. 생각 나누만요. 아는 사이는 아니었고요, 그날…… 저 산 고개를 넘으면서 우연히 만났지요. 주막 방이 사내객들로 꽉 차 하룻밤을 재워 줬더랬죠.

② 어디로 간단 말은 없었소? 혹 달리 한 말이라도……?

③ 그저 방값만 두둑히 내놓고 갔습니다요.

④ 알겠소……

……

휘익

덥썩

⑤ 어?! 어! 자……잡네?

초가 여염집 : 茅草屋

① 啊。对。想起来了。我也不算认识。那天，我是在跨过那座山的时候偶然遇见她的。因为客栈房间里住满了老爷们，所以就留她住了一晚。

② 她没说去哪里吗？或者没说别的什么吗？

③ 她只留下很多房钱就走了。

④ 知道了。

휘익：突然出现的样子。
덥썩：猛地抓住的样子。

⑤ 啊？啊？居然抓住我了？

27

1. 뭐야? 왜 따라다녀?
2. 볼 줄만 아는 게 아니오? 막 잡고 때리고 그런 것도 할 줄 아오? 와!
3. 누구 잃어 버렸어? 여자야? 누구우? 엄마?
4. 어?! 맞아? 맞구나~
5. 죽고 싶어?!
6. 어째 증을 내는 거요? 그리고, 나 벌써 죽었거든?!
7. 그냥 가는 거요?
8. 너 같은 저질 잡귀하곤 말 안 섞어.
9. 어제 밤엔 왜 못 본 척 했어?
10. 안 보여.
11. 이해는 해. 나 같은 원귀가 한 둘이 아니지? 이거 해 달라 저거 해 달라 막 귀찮지?
12. 알면 꺼져.
13. 에이~ 어떻게 꺼져? 그래도 우리가 동침 한 사인데.
14. 누가 동침을 했단 거야?!

아흑

1 干什么？为什么总跟着我？
2 你不光是能看见啊？抓啊打啊什么的你也会啊？哇！
3 你在找什么人吗？女的吗？是你娘吗？
4 呃？说对了？对了啊！
5 想死吗？
6 干什么发火啊？再说我已经死了好吗？
7 就这么走了？
8 像你这种差劲的小鬼，我才懒得搭话呢。
9 昨晚为什么假装看不见啊？
10 看不见。
11 倒是可以理解。像我这样的冤鬼肯定不止一两个吧？是不是让你帮着做这做那，很烦啊？
12 知道就走开。
13 哎。哪能就这样走开？怎么说我们也一起睡过觉呢。
아흑：烦躁、恼怒的样子。
14 谁跟你一起睡觉了？

1. 부……부……
부……소? 소?
아니……사……
그……읍……
구……우……??

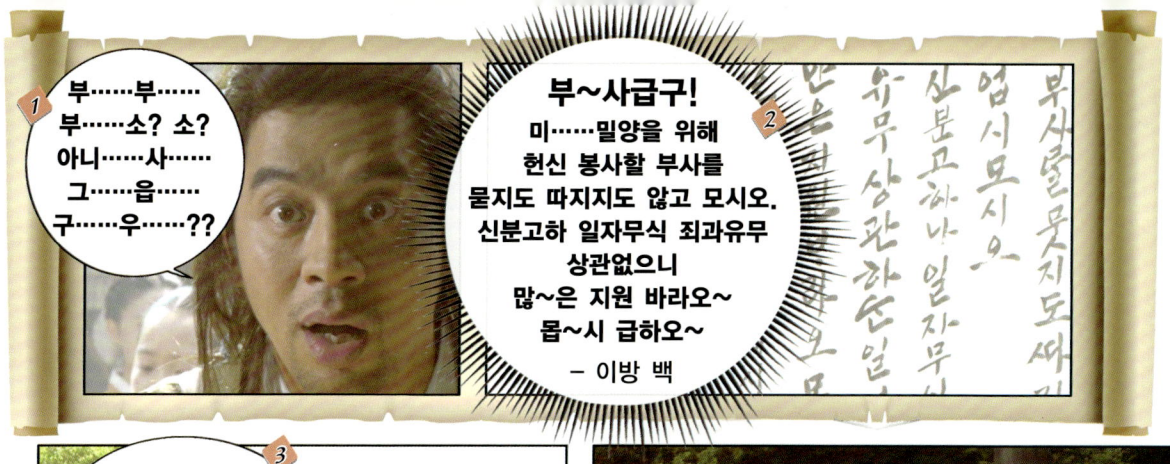

2. 부~사급구!
미……밀양을 위해
헌신 봉사할 부사를
묻지도 따지지도 않고 모시오.
신분고하 일자무식 죄과유무
상관없으니
많~은 지원 바라오~
몹~시 급하오~
— 이방 백

3. 내가 어느 날 갑자기 죽었잖소? 근데 기억이 하나도.

4. 똑같은 말 하지 마.

5. 어맛?! 들었어? 다 들었구나?! 그러면서 왜 모른 척 하오?

6. 안 꺼져?!

7. 일단 들어 보라니깐.

8. 뭐하는 짓이야!

팥

9. 내가. 웬만하면 안 쓰는데 너처럼 악질 거머리 구제불능 귀신한텐 가끔 써.

10. 하지 마!

11. 악

슥

① 急……求……府……使?
② 急求府……使! 求愿意为密……密阳效力的府使，不论身份贵贱、学识高低、有无罪过，皆无妨。事情紧急，愿众人多多参与。——吏房 留
③ 我有一天不是死了吗？可是我一点也记不起来了。
④ 不要重复之前说过的话。
⑤ 哎呀，你听到了？都听见了啊！那为什么还假装不知道？
⑥ 还不走开？
⑦ 你先听听看嘛。
팥：红豆
⑧ 干什么呢？
⑨ 我吧，一般是不用这招的，但是对你这样难缠的无可救药的恶鬼，偶尔会用用的。
⑩ 不要！
⑪ 啊！
슥：扔出去的样子。

휙：使劲往外扔的样子。
휙익：（红豆）四处散落的样子。

1. 下次就真扔了啊。
2. 就让你帮我打听一下我叫什么，怎么就那么难？
3. 这种事你去衙门问啊。
4. 我也想啊。但不是没有使道吗？使道……
5. 那就不归我管了，我又不是使道。
6. 好吧。那你当上使道，会帮我吗？
7. 当上使道？
8. 好啊，我当上使道就帮你。
9. 你说话可要算数啊。

방울이네 집 : 铃铛的家里

1. 很久不见啊。
2. 哎呀，你怎么又来了。不是说不来了吗？
3. 你这个巫婆，有一件事需要你帮忙。
4. 哎呀，又是什么事情啊！

씨익 : 抿嘴笑的样子。

관아 집무실 : 衙门

띠잉 : 受惊吓或刺激而不清醒的样子。

5. 小女在河龙村开了家占卜店。
6. 所以呢？
7. 今日大将军降临，嘱咐小女一定要来找这间房里的大人们，他说有选任使道的方法。
8. 什么？

31

빼꼼

빡

1 보쌈, 이 쉬운 방도를 몰라서 그 애를 태웠구먼!

탁 탁 탁

2 원체 급해서 그 무당 말을 듣긴 했는데…… 정말 뒤탈이 없을까요?

3 대장군이 보증한 잘세. 어차피 모레면 명이 다해 죽을 자라니 우리라도 살리겠다며 내주신 자 아닌가?

씨익

5 약조는 함부로 하는 게 아니라니깐!

4 암, 이걸로 또 당분간은 우리 세상일세.

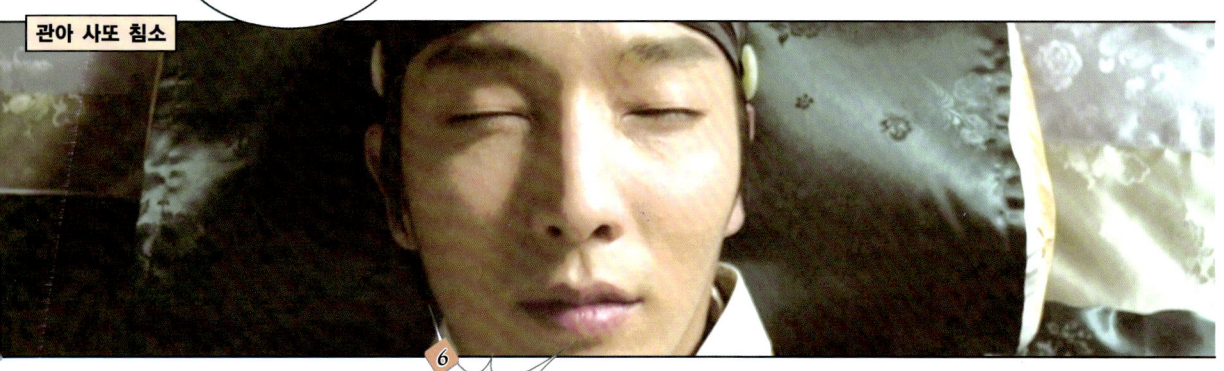

관아 사또 침소

6 뭐야!

번뜩

벌떡

빼꼼：透过狭窄的缝隙或小孔偷窥的样子。
빡：重重地打倒在地的样子。

1 早知道有装麻袋这样简单的方法，就不用那么伤脑筋了！
　탁：（把人装入麻袋）抬起就走的样子。
2 因为太着急，所以听了那个巫婆的话，真的不会有什么后患吗？
3 这可是大将军保证的人。反正（这个人）到了后天就会死，（大将军）还不是为了至少保我们的命才送来这么一个人吗？
4 嗯，这样一来，这里暂时又是我们的天下了。
5 承诺可不是随便就能许的。
　씨익：抿嘴笑的样子。
　관아 사또 침소：衙门，使道的住所
　번뜩：猛地睁开眼睛清醒过来的样子。
6 什么啊！
　벌떡：突然起身的样子。

32

1 사또~ 밀양 관아 육방을 대표하여 부임을 환영하옵니다.

2 뭐?

3 이봐! 이봐!

4 사……

5 또?

6 김해 사는 김은오라. 뭐하는 자인지……

7 알아 뭐하나! 천애고아 사고무친이라잖나. 그보다 관은 어찌할까……

8 그냥 오동나무관으로 해 두게.

9 깔깔깔깔 깔깔깔깔~~

10 똑바로 내려와라. 머리채 잡아 문고리에 확 묶어 버리기 전에.

1 使道！在下代表密阳管辖的六房，欢迎您上任。
2 什么？
3 喂，喂！
4 5 使……道？
6 金海的金银悟，到底是什么人啊……
7 知道有什么用啊！不是说孤儿一个，举目无亲嘛。话说回来，棺材用什么做啊……
8 就弄个梧桐木棺材吧。
9 咯咯咯，咯咯咯……（笑声）
10 给我乖乖下来。小心扯你的头发绑到门把手上。

33

뚝 : 把头按在门把手上发出的声音。

1. 哎……哎呀！
   사락 : 从上面轻轻落下的样子。
   사뿐 : 脚步轻盈的样子。
2. 果然我没有看错。确实是个胆大的公子。
3. 你……
4. 把这个解开！
5. 又想扔红豆啊？
   앵앵 : 讲话细声细语的样子。
6. 不会扔的。
   화색 : 和颜悦色
7. 小女信不过你。
8. 男子汉大丈夫一言九鼎。
9. 好吧。
   슥 : 解开绳子的样子。

1 因为咱俩之前有个约定我才让你坐上这个位子的。
2 约定？什么约定？
3 你不是答应过我，要是成了使道就会帮我洗刷冤屈吗？
4 呵，所以你谋划了这件事情啊？不过，你为什么从刚才开始就一直发出那么奇怪的声音啊？让人起鸡皮疙瘩。
5 有人跟我说，在男人面前，一定要表现得娇柔。只有那样，男人才会答应我的请求。
6 你那样，那些使道还是没答应，所以你把他们全部杀掉了是吗？
7 那个……小女子冤枉啊。
8 冤枉？
9 因为谁都看不见鬼，所以小女子费了千辛万苦求了可视丸来吃……
10 可……视丸？
11 也叫"易见丹"……
12 易……见丹？
13 鬼吃了就可以现身，是一种神奇的药丸。

35

1 使道……
2 谁……谁啊？
3 使道……使道……求求您帮我洗刷冤屈吧。
   턱：受惊吓的样子。
4 呃……
5 不幸的是，第一位使道因为心脏太弱，就那样过世了。之后……
   툭：突然倒在桌上的样子。
6 小女子为了不吓到人，精心装扮后才去……
   덜덜덜：吓得哆嗦的样子。
7 结果因为小女子只剩下一粒药丸，所以掰开来吃。
   헉：受惊吓的样子。
8 使道，您听我说……
9 呃……
   벌러덩：受惊吓而仰面倒地的样子。
10 第三位使道，听说他是"铁心脏"，还听他说："这只鬼，你给我出来！"所以我才放心地去找他。
11 使道，您听我说……
   쿵：倒在地上发出的声音。
12 呃……

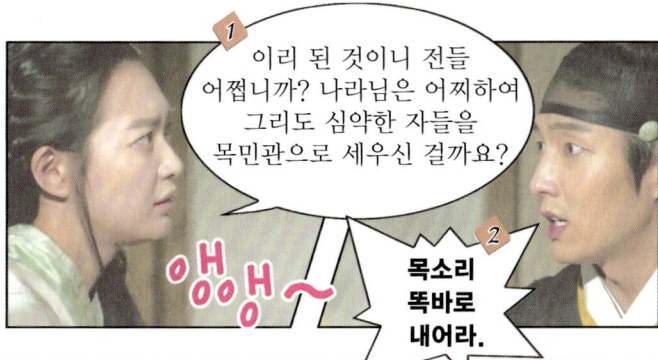

1. 이리 된 것이니 전들 어쩝니까? 나라님은 어찌하여 그리도 심약한 자들을 목민관으로 세우신 걸까요?
2. 목소리 똑바로 내어라.
3. 그래서 내가 자리를 마련한 것이라오.
4. 돌아가. 내 앞에선 다 부질 없는 짓이다.
5. 도령도 엄말 잃어 버렸다면서!
6. 나도 엄마아빠 다 잃어버린 거나 마찬가지야!
7. 나도 찾고 싶어. 찾아서 제대로 인사하고 가고 싶어.
8. 먼저 간 못난 자식 땜에 몸이라도 상하시지 않았는지 보고 가고 싶다고!
9. 도와주시오.
10. ……꺼져.

앵앵~
흠……
멈칫
울먹
주르륵
울먹 울먹
끄덕끄덕
!
뚝

① 事情就是这样，让我怎么办呢？国家为什么让那么胆小的人来当官呢？
② 你好好说话。
③ 所以我才安排您当使道的。
　흠：哼！(不满)
④ 回去吧。在我这里，这些都没用。
⑤ 公子不是也丢了娘吗？
　멈칫：突然停住。
　울먹："울먹거리다"的词根，表示带着哭腔的样子。
⑥ 我也等于丢了爹娘啊！
⑦ 我也想找。找到他们好好道个别再走。
⑧ 不知道他们是不是因为我这样一个走在他们前面的不争气的孩子而愁坏了身体，我也想去看看嘛。
⑨ 帮帮我吧。
　주르륵：泪水往下流的样子。
　끄덕：点头的样子。
⑩ 走开……
　뚝：突然中断的样子。

37

탁

1. 아주 못~됐어! 체! 지푸라기라도 잡아 볼까 했더니만!

다음 날

2. 조심, 조심~

낑낑

3. 이거……좀 미안하기도 하구만. 앞날이 창창한 젊은인데……

철컥

벌컥 쾅

4. 아아아아~~악!

5. 귀……귀…… 버……벌……써 귀…… 귀……신이 된……

으득

휘익 펄럭

6. 내 옷 갖고 와!

히익

탁 : 走路发出的声音。

1. 太坏了！哼。本来还抱着一点点希望呢。
   다음 날 : 第二天

2. 小心，小心！
   낑낑 : 用力时发出的声音。

3. 这个……还有点抱歉呢。还是一个前途无量的年轻人呢……
   철컥 : 拉门时发出的声音。
   벌컥 : 猛地一下，突然使劲的样子。

쾅 : 撞到门上发出的声音。

4. 啊啊啊啊……啊！

5. 鬼……鬼……这么……快……快就变成鬼……
   으득 : 咬牙切齿的样子。

6. 把我的衣服拿过来！
   휘익 : 扔东西的样子。
   펄럭 : 随风飘动的样子。
   히익 : 受到惊吓而失魂落魄的样子。

1 没伤到哪里吗？
2 你，我都被装麻袋里带走了，你还能睡得着啊？啊？
3 什么？装麻袋？
팍：一把抓住的样子。
4 你知道我们少爷是谁吗？你们十条命都换不了！
5 公子……是何……何许人啊？
6 是金应富大人家的公子！
7 前……前……前宰相金应富大人吗？
덜덜덜：吓得哆嗦的样子。
8 是曾任大提学、都提调，后来又任右议政、左议政、领议政，现在又在为后人的教育效力的那位吗？
9 嗯，正好这边有棺材。为什么只有一副？再做两副，再做两副啊！
아이고：哎哟！（哀号声）
통촉하여 주십시오：请明察。
방울이네 집：铃铛的家里
10 事情还顺利吗？
11 照你说的都做了，一点反应也没有。撒娇、流泪、流鼻涕，都不行，特别狠心。
우물："우물거리다"的词根，表示支支吾吾的样子。

1 그렇다면!
2 아씨가 엄청난 박색이란 뜻이오.
3 왜 진즉 말을 안 해 줬소?!
4 나……나도 몰랐지.
5 아~ 그렇지. 귀신이니 볼 방법이 없지.
6 그……그럼 어떡해?
7 어쩌겠어? 얼굴에 분칠 좀 하고, 머리에 뭐 좀 꽂고,
8 무당이 주면 되겠다!
9 내가 그럴 돈이 어딨소?!
10 돈이 문제야?

1 那么，
2 就说明你长得太丑了。
3 那你为什么不早点告诉我？！
4 我，我也不知道啊。
5 啊，对。鬼是看不到的啊。
6 那……那怎么办啊？
7 怎么办？脸上抹点粉，头上戴点什么。
8 那你给我不就行了。
9 我哪有那钱？
10 钱是问题吗？

픔：因为觉得好笑而发出的声音"噗"，有时也带有讽刺意味。

씽긋：微微一笑的样子。

저자 거리

1. 내가 왜 도적질까지 해야 하냐구우~ 나 같은 년은 잡히면 바로 황천길이라고요.

2. 이 도둑 년, 거기 꼼짝 마라!

3. 도둑이야!

4. 에잇!

5. 추귀다!

저자 거리：集市
시끌：热闹的景象。
웅성：气氛热闹的样子。

1. 我为什么还要偷东西啊。像我这样的只要被抓住直接就死路一条。
헤헤：咧嘴笑的样子。
꼬옥：紧紧握住的样子。
헉：受惊吓的样子。
찔그렁：物体掉落时发出的声音。
덜덜덜：吓得哆嗦的样子。

2. 你这小偷，站住不要动！
휙：迅速转过头去看的样子。

3. 小偷！
4. 哎呀！
파악：拼命喊叫时的样子。
다다다：飞跑时发出的声音。
벌러덩：仰面倒地的样子。
슈웅：从高处降落的样子。

5. 捉鬼的来了！

① 阿娘！
아씨：哼！（抱怨）
휘익：瞬间擦身而过的样子。

❶ 啊？少爷？
파앗：（突然看到阿娘的发簪而）惊呆的样子。
다다다：飞跑时发出的声音。

❷ 少爷？
타앗：骑上马的样子。
푸룽：骑上马飞快离去的声音。
다가닥 다가다：骑马的声音。

다다다 : 飞跑时发出的声音。
다가닥 다가닥 : 骑马的声音。

후욱:在后面迅速追上的样子。
휘익:一把拉住（阿娘）的样子。
터억:（把阿娘）迅速抱上马的样子。

다가닥 다가닥：骑马的声音。
윽：从怀里掏出桃花的样子。
휙：迅速扔出去的样子。

휘익：（桃花）四处散落的样子。
멈칫：突然停住。
사라락：很轻的物体摩擦或碰撞的声音。
팍：桃花飞向（阴间使者）的样子。
쎄에：（桃花）划破脸的样子。
두두두：飞快离去的声音。

의문의 비녀, 모섬잠 ①

내려.

……

① 可疑的发簪，母心簪
　푸룽 : 骑上马飞快离去的声音。
　스윽 : 轻轻地从马上下来的样子。

② 下来。
　멍 : "멍하다"的词根，表示发呆的样子。

힐끔：偷偷瞟一眼的样子。
팟：（把阿娘）从马上抱下来的样子。
훌렁：从（阿娘的）头上一把取下发簪的样子。

1. 这个……从哪里来的?

탁：（把发簪）放到桌上的声音。
획：迅速转过头去看的样子。

2. 这个，从哪里来的……

1. 喂，失忆症！
2. 喂！
   획：迅速转过头去看的样子。
   탁：伸手摸自己头的样子。
3. 干什么拿着人家的发簪！
   팟：从（金银悟）手中抢过发簪的样子。
4. 那个是从哪里来的？
5. 是我自己的。
6. 不可能。在哪儿捡的？
7. 我死的时候就戴着的。
8. 那你的意思是，从你活着的时候就开始戴着这发簪？
9. 当然了。这是我的东西。
   스윽：轻轻地戴上发簪的样子。
10. 那么，就是她可能见过我娘了？可是她现在什么都记不起来了啊……

1. 不管怎么样，刚刚的事情还是要谢谢你。有机会我一定会报答的，再见。
   획 : 迅速转过头去看的样子。
2. 如果能帮她找回记忆，说不定还能打听到娘的消息。
3. 我帮你找吧。
4. 我帮你打听吧，你的姓名，还有你的身世。
   멈칫 : 突然停住。
5. 真的？真的吗？为什么改主意了啊？
6. 不走吗？
   타닥 : 骑上马的样子。
7. 还是我看得准。你真是既胆大又有人情味的公子。我还是很有眼光的。

꽉	

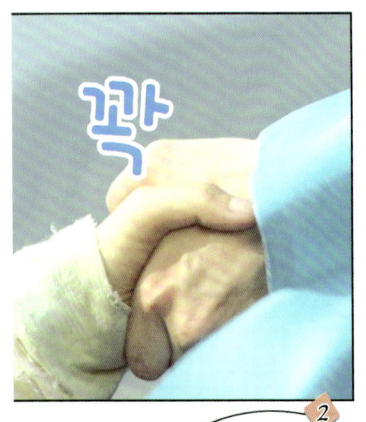

1. 겉은 싸늘해도 실은 속 따듯한 사람이오, 도령은.

탁

2. 자꾸 네 맘대로 나 만들지 마.

3. 맞다니깐! 내가 사람 보는 눈은 있다니깐!

다각 다각 다각

4. 너더러 아랑이라고 부르더라.

5. 응.

6. 난 이름 안 불러. 기억실조증.

7. 맘대로 해. 어차피 이름 불러가며 오래 연 쌓을 사이 아니잖소?

8. 아니지……

다각 다각 다각

꽉：使劲地，紧紧地（抓住）
휘익：（把阿娘）拽上马的样子。
1 公子你虽然外表看起来很冷酷，但内心还是很温暖的。
  탁：骑上马的样子。
2 别随便按照你的意愿捏造我。
3 真的！我看人还是很准的！
  다각 다각：骑马的声音。
4 我看他们都叫你"阿娘"呢。
5 嗯。
6 我可不会叫你名字。失忆症。
7 随便你。反正我们之间又不需要互相叫着名字交往下去。
8 当然不用。

1 도망친 아인 잡았어?	2 아직…… 송구합니다.

천상 낚시터

3 못 잡은 것이냐?	4 오~ 염라!

5 거참, 아무리 생각해도 알 수가 없군. 그때 오라가 어찌 풀렸던 게야?	……

6 제 발로 올 것이다. 인연의 씨를 뿌려 놨으니 이제 싹을 틔우고 꽃을 피워 줄 때가 되었지.

천상 낚시터：天上垂钓处
1. 抓到那个跑掉的孩子了吗?
2. 还没有……对不起。
3. 还没抓到啊?
4. 嗨，阎罗。
5. 哎，怎么想也想不通。那时候绳子是怎么被解开的呢?
6. 她会自己找上门的。我已经撒下了缘分的种子，现在也该发芽、开花了。

53

밀양 저자 거리

쏴아아아

1. 되련님!
2. 관아로 돌아가자.
3. 예? 관아는 또 왜요?
4. 사또가 되어야겠다.
5. 왜 이러쇼? 어제 맞은 데가 어떻게 됐소?
6. 왜? 나도 사또 노릇 한번 해보겠다는데, 오래는 안 해.
7. 이게 다 그놈의 영감탱이들 때문이야!

벌컥
깜짝

8. 아니, 어떻게 살아 있을 수 있는가?

관아 툇마루

9. 허면 지금까지 변고가 귀신의 짓이 아니었단 말인가?
10. 야! 이놈의 영감탱이들아!

쿵

밀양 저자 거리 : 密阳集市
쏴아아아 : 雨水倾泻而下的声音。

1. 少爷!
2. 我们回衙门去吧。
3. 啊? 回衙门做什么啊?
4. 我要去当使道。
5. 为什么啊? 您昨天是不是被打坏了?
6. 怎么了? 我只是想做一回使道而已，不会做很久的。
7. 这都怪那些死老头子!

벌컥 : 勃然大怒的样子。
깜짝 : 突然受惊吓的样子。
관아 툇마루 : 衙门檐廊

8. 不是, 怎么会活着呢?
9. 这么说，之前发生的那些变故不是鬼闹的了?
10. 喂! 你们这些老家伙!

쿵 :（石铁）破门而入的声音。

1. 这是干什么呀！喂！
버둥："버둥거리다"的词根，表示拼命挣扎的样子。
꽉：使劲地，紧紧地（抓住）
2. 这些该死的老家伙！你们对我家少爷做了什么呀！
3. 都给我住手！
4. 这可怎么办啊。我们那没人管的自由自在的日子就这么结束了吗？
안절부절：坐立不安的样子。
5. 既然他是金应富大人之子，那我们也没法轻易得罪啊。
6. 也有可能不是呢。我听说金海还有个老头叫金兴富，救过一只腿受伤的小燕子，或许是那个……
7. 这可不像……
8. 其实留一个空躯壳在这也不错呀。
휴：长叹一口气的样子。
9. 他像是空躯壳吗？
10. 你看啊，他走了又回来，一看就没什么主见，绝对是。
11. 我希望他是见到什么不义之举都视而不见的那种人。
12. 我也是。
13. 我也是。
14. 话说回来，怎么向崔大人禀报啊？谁去呢？

최대감 집

1. 어찌 그리 큰일을 관아 독단으로 처리한단 말이오?!
2. 송구합니다요~ 비워 두면 어명으로 다스린다 하시니……
3. 저들이 멍청한 짓은 했으나 핫바지도 나쁘진 않을 겁니다요.
4. 예~예~ 쉰네들도 그리 생각하여……
5. 허나 김응부 대감 자제라는 게 좀 걸립니다요.
6. 김응부 대감이라 하면, 지금은 퇴관 낙향하여 후학 양성만 한다지만 여전히 세를 갖고 있잖습니까? 게다가 그 양반 때문에 대감마님께서 이리 좌천되어 오신 것 아닙니까?
7. 헌데 김대감한테 그런 아들이 있었나……?
8. 그래, 그 잔 뭘 하고 있느냐?
9. 그……그것이…… 여자를……
10. 여자?

최대감 집 : 崔大人家里
1. 那么大的事情怎么能衙门自己决定了呢?
2. 小的错了。空着位子又怕怪罪下来……
3. 虽然做了一件错事，但放上那样一个空躯壳也不见得是坏事。
4. 是，是。小的们也是那么想的……
5. 只不过，他是金应富大人之子这一点，还是有点令人担忧。
6. 金应富大人虽然现在已经告老还乡，只忙于后人的教育，但不是依然还存有势力吗？而且大人您也是因为他才被下放到这里的吧？
7. 金大人有那样的儿子吗？
8. 那么，他现在在做什么？
9. 那个……那个……女人……
10. 女人？

팟 : 拿起画（给阿娘看）的样子。
1. 내가 이리 생겼소?

   我就长成这样吗?
2. 아니.

   不是。

   획 : 把画揉成一团的样子。
3. 하루 종일 여자 얼굴만 그리고 있다가……

   一整天就在画女人像……
4. 여자를 그려? 왜?

   画女人？为什么？
5. 글쎄요……

   是啊……
6. 대체 뭘 하는 놈들이야?!

   你们都是干什么吃的？

   버럭 : 勃然大怒的样子。
7. 으어으어~

   呃呃……
8. 무슨 꿍꿍이 수작인지 잘 감시해 놔!

   去好好看看他到底在耍什么花招！
9. 예에~~!

   是！是！

   덜덜 : 吓得哆嗦的样子。

   밀양 관아 : 密阳衙门

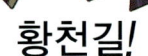

벌러덩 : 躺倒在地上的样子。

1. 你是在哪里死的来着？我们不如去那边看看吧。没准还能发现点什么。
2. 我死的地方？我不知道。

버럭 : 勃然大怒的样子。

3. 什么？你怎么会不知道在哪里死的呢？
4. 我，失忆了！说几遍了？
5. 你不是说死后醒过来发现没有记忆的吗？醒过来的那个地方是哪里啊？
6. 在路上醒过来的！路上！
7. 黄泉路！不是跟你说了吗，走着走着醒来发现自己在跟着阴间使者走！你是用脚底听我说话的吗？
8. 你可真是从头到脚什么都不知道啊！
9. 但有时这里像被刀刺了一样疼。难道我是被刀刺死的？

만지작 : 轻轻地揉搓、抚弄的样子。

10. 喂，这话你为什么才说啊？为什么？

꽉 : 突然大声喊叫的样子。

11. 是谁说的只要把画像贴出来就行的！

다음 날, 관아 중정

1. 검안서가 이게 다야?
2. 예에…… 사또도 아시다시피 지난 3년간 관에 수령이 안 계셨던 관계로다 사건이 나도 고변하는 이가 없고.
3. 알았어. 가봐.
4. 아주 엉망진창이군.
5. 너다 싶은 사람이 단 한 명도 없어.
6. 그럼 살인이 아닌가? 아님 아직 시신이 발견되지 않은 건가?
7. 그런가 보네. 어디서 홀로, 외롭게, 푹푹 썩고 있나 보다.

낄낄낄

8. 그게 웃겨? 좀 더 진지하게 해 줄 순 없어?
9. 나 아주 진지하거든?

투덜 투덜

10. 외롭게 썩고 있긴 누가 외롭게 썩고 있다는 거야? 자기가 봤어?
11. 내 눈이 잠시 삐었었나 봐. 그냥 간만 배 밖에 나온 도령이었어. 속은 절대로 안 따뜻한 도령이야.

다음 날, 관아 중정：第二天，衙门中庭
1. 死亡鉴定书只有这些吗？
2. 是……您也知道，过去三年衙门无人主事，即使有事情发生，也无人上报。
3. 知道了，退下吧。
4. 真是乱七八糟的啊。
5. 没一个像你的。
6. 难道不是杀人案件？还是到现在尸体还没被发现？
7. 好像是啊。看来是在某个地方孤独、凄凉地腐烂着呢。
낄낄낄：忍不住笑出声的样子。
8. 好笑吗？你就不能再认真一点吗？
9. 我很认真啊。
투덜："투덜거리다"的词根，表示自己小声嘟囔的样子。
10. 谁孤独地腐烂了？你看见了？
11. 看来是我一时看错了人。他也就是胆大而已，可绝对不是内心温暖的公子。

59

1. 哎，真是的。
   벌컥：猛地一下，突然推门出来的样子。
2. 使……使道，您有什么吩咐吗？
   획：迅速走开的样子。
3. 这人……哼……
4. 真是个缺教养的家伙。
5. 真的没有办法找到吗？接下来该做什么呢？她到底是怎么拿到娘的发簪的？
   타박："타박거리다"的词根，表示走路缓慢、无力的样子。
6. 是私宅吗？

두리번: "두리번거리다"的词根，表示左顾右盼的样子。
부웅: 从高处下落或从低处向上跳的样子。
휴우: 长叹一口气的样子。

1. 是什么啊？
2. 谁啊？

1. 뉘신데 남의 방에 허락도 없이 섰는 게요?!
2. 나는 사또다!
3. 아~! 새 사또가 오셨다더니, 저는 관아 침모입죠.
4. 헌데 이 방은 누구 방인가?
5. ……이전 사또의 따님 방입니다요.
6. 이전 사또……? 헌데 어찌 방을 치우지 않고 그대로 두었나?
7. 언제 돌아오실지 모를 일이니……
8. 치울 수가 없습니다요. 돌아오시면 방이라도 쓰던 그대로 있어야 할 것 같아…… 아씨한텐 이 방이 전부였거든요.
9. 돌아……오다니?!
10. 실종……되셨습니다요.
11. 실종?!
12. 어느 날 갑자기. 온다, 간다 말도 없이. 사라지셨습죠. 이달 보름이면…… 꼭 3년째 됩니다요.
13. 찾았다!

1. 你是什么人，怎么能不经过允许就进别人的房间呢？
2. 我是使道。
3. 啊。听说新来了一位使道。我是在衙门做针线活的。
4. 那么这个房间是谁的啊？
5. 是之前使道女儿的房间。
6. 之前的使道？那为什么不清理房间，就那样留着呢？
7. 因为不知道她什么时候会回来，所以……
8. 不能清理。回来的话，至少应该留个房间给她。这个房间曾经是小姐的全部。
9. 回……来？
10. 她失踪了。
11. 失踪？
12. 突然有一天，没留下一句话就那样消失不见了。到这个月十五，正好是三年。
13. 找到了！

웅성 : 气氛热闹的样子。
1. 무슨 일이야?
   什么事啊?
2. 제사래.
   祭祀呢。
   슥 : 伸出食物（给阿娘）的样子。
   허겁지겁 : 慌慌张张的样子。
3. 이름이 무엇이냐?
   叫什么名字?
4. 모르오.
   不知道。
   우걱우걱 : 嘴里塞满食物，急忙吞下的样子。
5. 허~! 모른다? 그럼 처녀를 아랑이라 부르니 그냥 아랑이라 해라.
   嘿。不知道？在这里一般管少女叫阿娘，那以后就叫你阿娘吧。
6. 아랑?
   阿娘?
   쩝쩝 : 咀嚼食物的声音。
7. 우리 같이 연고없는 혼령들은 그 고시레가 밥이고 돈이고 살길이다.
   对我们这些孤魂来说，那些供品就是饭，就是钱，就是活路。
8. 언제 어느 때고 고시레를 보면 무조건 낚아채!
   所以不管什么时候只要见到就要抢。

63

① 供品？
② 一边去！
   옥신각신：相互抢夺的样子。
③ 哼！见到供品我可绝对不会放手！
   탁：放下供品的声音。
   끼이：关门时发出的"喀吱"的声音。
   탕："咣"的一声门关上的声音。
   화악：一把抓住（阿娘）的样子。
④ 哼！
   획：使劲向后甩的样子。
⑤ 呃？
   부웅：（阿娘）倒向地面的声音。
⑥ 哎呀！
   쿵：重重地落在地上的声音。
⑦ 啊！
   벌떡：迅速起身的样子。
⑧ 哼！

64

1. 一边去!
   우르르：一群人一窝蜂似的拥上去的样子。
2. 走开!
3. 哎呀!
4. 这里!
   우당탕탕：哄抢时发出的嘈杂声。
5. 交出来!
6. 这家伙!
7. 这边!
   처억：干脆、利索地接住的样子。
   슈웅：（供品）在空中传递的样子。
8. 嗯?
   부웅：从高处下落的样子。
   팍：相互碰撞的样子。

타앗 : 一把抓住的样子。
턱억 : 推推撞撞的样子。

1. 잡았다! 抓住了！
2. 악! 哎呀！
   처억 : 瞬间撞在一起的样子。
   휘익 : 身体被甩开的样子。
3. 아~악~ 哎……哎呀！
   파악 : 摔在地上的样子。

부웅 : 迅速逃离的样子。
4. 저놈 잡아! 抓住他！
5. 에이~ 哎……
6. 너 때문에 뺏겼잖아! 어디서 굴러먹던 년이야!? 你看就因为你，（食物）被抢走了吧！你是从哪里冒出来的？
   버둥 : "버둥거리다"的词根，表示拼命挣扎的样子。
7. 형님, 다음 집으로 빨리 갑시다. 大哥，我们快点去下一家吧。
8. 너 이년 담에 보면 죽여 버린다. 下回再让我碰见你，绝饶不了你。

관아 앞마당

1. 모냥 빠지게 떼거리로 우르르 몰려다니면서 뭐하는 거야?! 야! 원귀는 원래 혼자 다니는 거야! 자존심도 없냐?

왔다~

갔다~

2. 어딜 간 거야! 대체!

1. 真丢人。成群结队地满街流窜做什么啊！喂！冤鬼本来就是独来独往的！你们就没点自尊心吗？
관아 앞마당 : 衙门前院
왔다 갔다 : 走来走去
2. 到底去哪了？

깜짝

만신창이

1. 따라 와.
획

2. 왜 이러시오!
팟

3. 찾았다.
!

깜짝 : 突然受惊吓的样子。
만신창이 : 遍体鳞伤

1. 跟我来。
   획 : 一把拉住的样子。
2. 干什么啊!
   팟 : 迅速转过头看的样子。
3. 找到了。

이서림 방

1. 이서림이란 이름이더라.
2. 이서림……? 확실해?
3. 맞지?
4. 응……
5. 그래, 그럼 이제 뭐 좀 기억나는 거 없어?
6. 없는데……?

이서림 방：李书琳的房间
두웅：站在房间里看的样子。
1. 名字叫李书琳。
2. 李书琳？确定吗？
   슥：轻轻拿起来对照的样子。
3. 没错吧？
4. 嗯……
5. 好，那现在有没有想起什么啊？
6. 没有……

밀양 관아 집무실 : 密阳衙门

1. 失踪？哎呀，严格说来，应该叫半夜逃走吧。
2. 她是跟一个下人看对了眼私奔了。
3. 不是失踪吗？
4. 真没想到那么端庄的大家闺秀也能做出那样的事情。可能这个村子里就没人见过那位小姐的容貌。
5. 端庄？
6. 要不然连小的们也不知道她的长相呢。
7. 非常……只要出了房间，就会披上长袍，根本没机会见到真容啊。打扮还真独特……
8. 总之，这件事之后，李府使就有些神志不清，放下衙门的工作，四处寻找女儿，后来就去世了。
9. 其他家人呢？
10. 没有了。就父女二人相依为命，最终落得如此境地。
11. 对了！那位小姐有个未婚夫。

1. 천것과 도망이라…… 내 너 그럴 줄 알았다.

어슬렁 어슬렁

쓱 쓱 쓱

2. 뭐 기억나는 거 없어?!

3. 서림…… 이서림이라…… 그 아버지도 참 안됐다……

4. 좀 더 알고 나니 뭐 좀 기억나는 거 없어?

5. 없는데?!

6. 아무래도 그 정혼자라는 사낼 한번 만나 봐야겠어!

벌떡

1. 和下人私奔……我就知道你是这种人。
어슬렁："어슬렁거리다"的词根，表示慢慢移动的样子。
쓱쓱쓱：（阿娘）用木棍在地上划来划去的样子。
2. 没有想起什么吗？
3. 书琳……李书琳……她爹也够惨的。
4. 了解得更详细以后，你就没有想起什么吗？
5. 没有啊。
벌떡：突然起身的样子。
6. 看来还是得去见见那个未婚夫。

71

정혼자 주왈 도령 ①

다음 날, 최대감 집

② 최대감님 댁 외아들이신 주왈 도령이 정혼자였습죠.

③ 이 집이오?

④ 이런 집 도령을 두고 왜 천것이랑 바람이 난 거야?

⑤ 저잔가 보다. 이 집 외아들 최주왈 도령.

⑥ 어디 봐!

① 未婚夫朱曰公子
   다음 날, 최대감 집：第二天，崔大人家里

② 崔大人家的独子朱曰公子就是她的未婚夫。

③ 是这家吗？

④ 放着这家的公子不要，跟什么下人私通呢？

⑤ 看来是那个男的啊。这家的独子崔朱曰公子。
   슥：探着头往里看的样子。

⑥ 我看看！

① 왜……이러지? 이거, 뭐야?

두근 두근 두근

② 뭐해? 가자.

③ 못 가겠어.

④ 뭐라고?

⑤ 못 간다고. 여기가 자꾸 ……쿵……쿵……쿵…… 그러잖소.

⑥ 너 어떻게 된 거 아냐? 귀신이 어떻게 심장이 뛰어?! 너 기억실조증이 아니라 정신실조증이지?

⑦ 못 간다고. 여기가 자꾸……

슥

⑧ 여기가 뭐!

어?

흠흠

⑨ 이건 아니—지~

① 为什么……这样呢？这是怎么回事啊？
두근："두근거리다"的词根，表示（因为紧张或害怕而）心脏怦怦地跳。
② 干什么呢？走啊。
③ 走不了了。
④ 什么？
⑤ 走不了了。这里怦怦地跳。
⑥ 你是不是有问题啊？你是个鬼，怎么可能有心跳呢？你不是什么失忆症，是精神失常吧？
⑦ 走不了了。这里一直……
슥：把手凑过去的样子。
⑧ 这里什么啊？
어？：嗯？
흠흠：喘粗气的样子。
⑨ 不……这可不行。

73

1. 빨리 안 들어가?!
2. 다……다음 이 시간에……
3. 부……부끄러워서……
4. 뭐? 부끄……?
5. 에잇! 이리오너……
6. 읍!
7. 어~ 야~아~
8. 어~

① 快点进去啊?
  화악 : 使劲推的样子。
② 下次……下次这个时间……
  버둥 : "버둥거리다"的词根，表示拼命挣扎的样子。
③ 害……害羞……
④ 什么? 害羞?
⑤ 哎呀! 过来……
  덥썩 : 一把捂住（银悟的嘴）的样子。
⑥ 啊!

질질질 : 被（阿娘）拖走的样子。
⑦ 啊! 喂……喂……
⑧ 啊……

74

저자 주막：小酒馆

1. 您要的米酒来了。
2. 进来。
   탁：放下酒瓶的样子。
   깜짝：突然受惊吓的样子。
3. 别喝了！
4. 别再喝了！
   갸우뚱：歪着脑袋的样子。
5. 够了！
6. 我可能喜欢他吧。
7. 什么？
8. 看来我曾经非常喜欢那个男的啊。
9. 呵……喜欢？那还跟下人产生感情一起私奔？
10. 要不然就解释不通了啊。
11. 好吧。就算是那样，那就见个面好好确认一下不就行了。
12. 不行！
13. 喂！从刚才开始就一直说不行，到底什么不行啊！

1. 因为觉得我可能喜欢过他……所以不想被他看到我现在这个狼狈的样子。
2. 别人看不到你的……
3. 那也不行。
4. 女人的心……可不是那样的。
푸욱：一下倒在桌上的样子。
5. 哎……我也不能再让巫婆给我做衣服……我得这样去阴间了吗……
6. 真……真是……
휴：长叹一口气的样子。
7. 店主！这附近哪里有巫婆啊？
끙：使劲时发出的声音。
8. 这巫婆怎么住那么远？哎。早知道鬼喝醉了这么重，叫醒了再走好了。拽上马那会儿像空气一样轻，哎。这家伙，就没有合适的时候。
어기적："어기적거리다" 的词根，表示缓慢移步的样子。

홍루몽

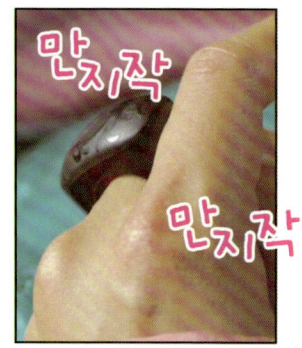

1 두 번 다시 뵙기 힘든 귀한 분을 모시게 되어 영광이옵니다. 되련님~

물끄러미

만지작
만지작

2 저희 기방에서 제일가는 아이들이옵니다.

벌떡

3 어째…… 마음에 드는 아이가 없으십니까?

휴~

척척

4 내 여기서 무엇을 하는 것인가.

5 이런 곳에서 찾을 수 있다 생각하다니 정신이 나간 것이더냐?

홍루몽 : 红楼梦
1 公子，像您这样难得一见的贵人能来这里，真是太荣幸了。
2 她们是我们妓院最漂亮的女孩儿们。
물끄러미 : 直勾勾地看的样子。
만지작 : 轻轻地揉搓、抚弄的样子。
벌떡 : 突然起身的样子。
3 怎么……没有合您心意的女孩？
척척 : 大步走的样子。
4 我在这做什么呢。
5 我居然能想到来这样的地方找，我是不是疯了？

77

방울이네 집

1. 이보게!
2. 점 보러 오셨수?
3. 나 왔어.
4. 여기야, 여기. 이 도령 옆.
  두리번 두리번
5. 왜! 왜 또 왔수?!
  흑
6. 이쪽이야.
7. 아!
8. 예?
  까딱 까딱
9. 이쪽에 있다고.
  흑
  !!!
10. 뵈…… 뵈시오?

      방울이네 집：铃铛的家里
1. 喂！
2. 来算命吗？
3. 我来了。
   두리번："두리번거리다"的词根，表示左顾右盼的样子。
4. 这边，公子的旁边。
   흑：迅速转过头去看的样子。
5. 干什么！你怎么又来了！
6. 这边。
7. 啊。
8. 啊？
9. 在这边。
   까딱：点头的样子。
10. 你能……能看见啊？

1 옷 한 벌 지어 줘. 아주 최고급으로.

2 아주 그냥 날 잡아 먹어. 그게 빨라.

툭

3 최고급으로, 댕기도 때깔 좋은 걸로. 옥가락지에 장신구도 몇 개 챙겨 주게.

4 내일까지.

5 아! 무슨 옷을 어떻게 내일까지.

투둑

6 치수는요?

7 자, 여기 줄자 있소.

슥

8 그냥 무당이 하면 안 되나?

9 뭐가 봬야 하지!

10 아! 그냥 해에~! 왜 갑자기 내외를 하고 그래?!

이씨!

① 帮忙做一件衣服吧。要用上好的布料。
② 直接吃了我吧。那个更快一些。
툭：物体落在桌上的声音。
③ 要用上好的布料，衣带也要漂亮的，还要配玉戒指，再加几个配饰。
④ 明天之前。
⑤ 哎。什么衣服，怎么可能明天之前完成。
투둑：物体落在桌上的声音。
⑥ 尺寸呢？
⑦ 给，这是软尺。
슥：把尺子伸手递给（银悟）的样子。
⑧ 你来量不行吗？
⑨ 我能看见行啊。
⑩ 喂，就让我量吧。怎么突然跟我这么见外啊？
이씨：哼！

79

1. 일단 가슴 둘레부터 잽시다.
2. 그래! 그러지 뭐!
   벌떡
3. 왜, 왜 이래?!
4. 팔 벌려.
5. 팔 벌리래.
6. 줘! 이건 내가 재 줄게.
   팟
   쓱
7. 두 자 팔 푼~!
   속닥
8. 이런 씨~!
   푸웁 킥킥

1. 先量一下胸围吧。
2. 行，量吧。
   벌떡：突然起身的样子。
3. 干什么，干什么啊？
4. 伸胳膊。
5. 让你伸胳膊呢。
6. 给我！这个我自己量吧。
   팟：一把抢过尺子的样子。
   쓱：拿着尺子测量的样子。
   속닥："속닥거리다"的词根，表示窃窃私语的样子。
7. 两尺八！
8. 这……哼！
   품：因为觉得好笑面发出的声音"噗"。
   킥킥：忍不住笑出声来的样子。

1. 现在量一下领围吧。
2. 一尺。
3. 接下来是后脖颈到肩膀之间的距离。
   스윽：拿着尺子测量的样子。
   힐끔：偷偷瞟一眼的样子。

툭 : 测量时发出的声音。
꿀꺽 : 吞下液体或食物的样子。
슥 : 拿着尺子测量的样子。

1. 에헤~! 이거 치수만 봐선 버드나무 가지 마냥 낭창~한 형상인데 성질머리는 왜 그럴꼬?

2. 내일까지 해 놔.

3. 애써 재 줬더니 인사도 없이……

4. 왜 이래? 미친 거야? 허허. 허허…… 미쳤나 봐. 미쳤어 내가 실성을 한 것도 아니고……

4. 我这是怎么了？疯了吗？呵呵，呵呵……疯了吧，疯了。我又没有精神失常……
탁탁탁 : 拍着胸脯自责的样子。

1. 嘿嘿，这光看尺寸，身材跟柳树枝差不多啊。脾气怎么那么臭？
2. 明天之前要做好。
   힐끔 : 偷偷瞟一眼的样子。
3. 费了半天劲儿帮着量完了，连句"谢谢"都没有……

내가 그래도
사람 보는 눈은 있어.

1. 我看人还是很有眼光的。
저벅 : 跛步的声音。

1. 那样的家伙有什么好的。啧啧……真是没有眼光。
2. 去红楼梦刚刚回来。
3. 红楼梦?
4. 是啊。奇怪吧? 也不知怎么的，公子居然去了妓院，那种地方他过去可是连看都不看一眼的……
5. 哼! 心里着急呗。这家伙现在心里肯定不是滋味。
6. 离十五还有几天啊?

관아, 사또 침소

움찔

스르

빤히

뭐 하는 짓이야?

사또. 사람은 저마다 한의 무게가 다른 법이오.

헌데?

관아, 사또 침소 : 衙门，使道的住所
움찔 : 睡醒前慢慢动的样子。
스르 : 慢慢睁开眼睛的样子。
빤히 : 直勾勾地盯着看的样子。

1. 干什么呢?
2. 使道，每个人心中都会有遗憾。
3. 那怎么了?

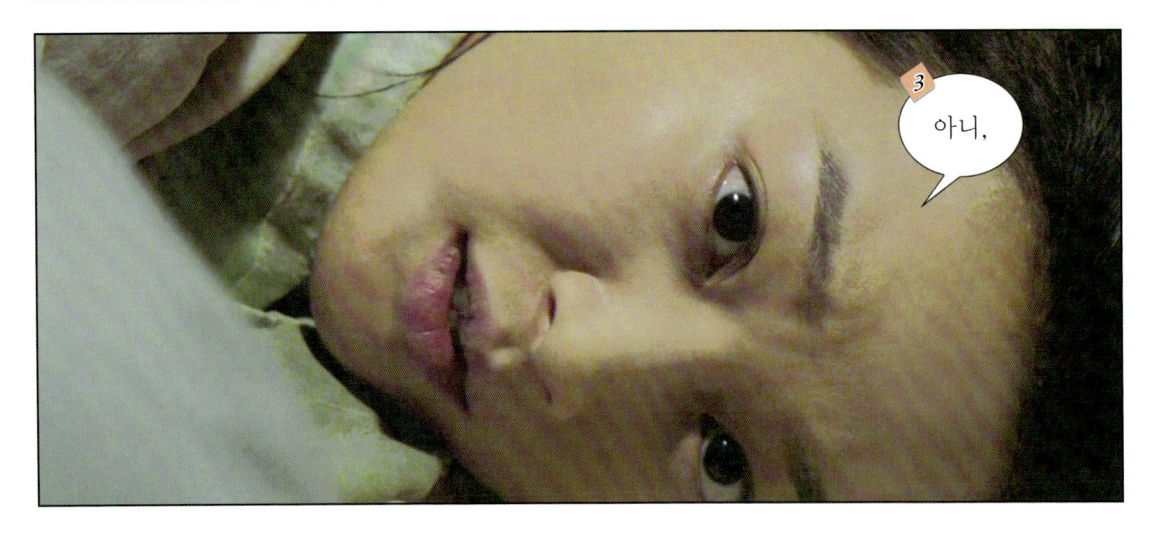

1. 你知道我的遗憾是什么吗?
2. 三年只穿一件衣服?
3. 不是。

1. 입맞춤 한 번 못해 보고 처녀 귀신 된 거.
2. 뭐?

슥

!?

1. 我都没跟人接吻过，就成了处女鬼。
2. 什么？
   슥：轻轻地把嘴凑过去的样子。

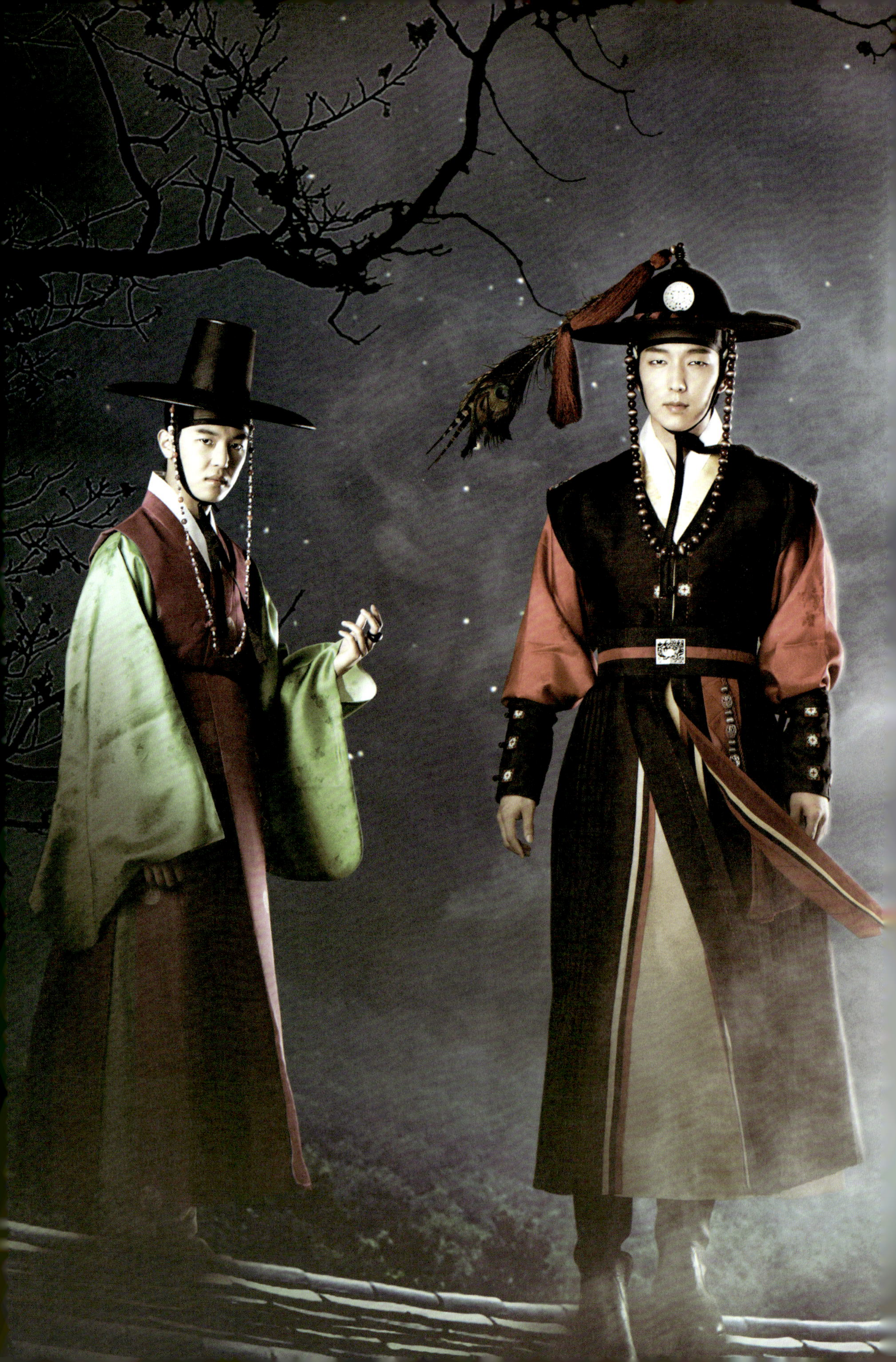

episode 2

저승세계 왕들의 내기
阴间帝王之间的赌局

구겨진 여자의 마음 ①

① 女子受伤的心
스윽 : 轻轻地把嘴凑过去的样子。
번쩍 : 突然睁开眼睛的样子。

벌떡 : 突然起身的样子。
슥 : 轻轻抚摸的样子。

1. 미츄어 버리겠네!
2. 최대감 댁 도령한테 전하라구요?
3. 응. 꼭 전해야 돼.
4. 여기서 사또 노릇 계속 할 참입니까요?

① 我要疯了！
② 让我交给崔大人家的公子吗？
③ 嗯。一定要交给他。
④ 您是打算继续在这里做使道吗？

| 1 | 오래 안 한다니깐. |
| 2 | 아! 또 어디 갑니까?! |

천상 연못

3	어째 그대 얼굴에 주름살이 더 는다?
4	몰라 묻는가?
5	원귀들이 늘어서 질서가 흐트러지고 있지 않아. 죽으면 저승, 살면 이승, 이게 그렇게 어렵나. 이 계산이 그렇게 안 되나?!

① 都说了不会做很久的。
② 哎。您又去哪里啊?
　저벅：踱步的声音。
　천상 연못：天上池塘
③ 怎么感觉你脸上的皱纹变多了呢?
④ 明知故问。
⑤ 冤鬼越来越多，都乱套了。死了就去阴间，活着就在阳间，这有这么难吗? 弄不明白吗?

1. 你也别太苛刻了。多照顾一下这样那样的情况嘛。
2. 所以才会出这样的乱子啊。只考虑冤鬼，那些消失的灵魂怎么办？足足四百年了，四百年！
3. 那个，我也一直很内疚。
4. 那会儿你说要下凡做些什么，为什么到现在还没有解决啊？
5. 你知道你的慢性病——早衰的根源在哪里吗？
6. 什么早……早衰啊！
7. 你就是太急躁了。再等等看吧。

① 그대 방식대로 해결하지 못하면 이번엔 진짜 내가 내 방식대로 하겠어!

② 알았다고.

③ 에이! 시끄러!

벌떡

방울이네 집

싱긋

와~

① 如果用你的方式解决不了的话，那这回，我真的要用我的方式解决了！
② 知道了。
③ 真是吵死了。

벌떡：突然起身离开的样子。
방울이네 집：铃铛的家里
싱긋：微笑的样子。
와：哇！

스윽：轻轻抚摸（衣服）的样子。
사락：拿起衣服仔细看的样子。
톡톡：擦胭脂的样子。

1. 뭘 이렇게 꼼지락거리는 거야!

2. 원래 여인의 치장에 걸리는 시간이 파혼을 부르기도 합죠.

안절부절

거참……

벌컥

샤방 샤방

!

안절부절：坐立不安的样子。
1. 怎么这么磨蹭啊！
2. 本来女人梳妆打扮就很费时间，甚至有人会因为这解除婚约呢。

거참：真是的……

벌컥：猛地一下，突然使劲儿的样子。
샤방：非常漂亮、耀眼的样子。

① 어떻소? 뭐, 좀 나아졌소? 아~! 당최 보여야 훈수를 두지.

② 어떻소?

③ 큼……어…… 어떻긴 뭐……뭐가 어때! 산발한 귀신에서 댕기 두른 귀신 됐지.

실망

④ 하여튼 여기 얌전히 있다가 미초시 쯤 약속 장소로 와.

⑤ 어디 가게? 그냥 여기 있다가 같이 갑시다.

획

⑥ 됐어! 나 바쁜 사람이야. 넌 시키는 대로나 해!

⑦ 잘 나가다 왜 저래?!

① 怎么样？变好看一点了吗？哎。什么都看不见，怎么提意见啊。

② 怎么样？

③ 嗯……呃……什么……什么怎么样啊！就是从一个披头散发的鬼变成了系上发带的鬼了呗。

실망：失望

④ 总之，你就在这里老实待着，未时初再去约好的地方吧。

⑤ 去哪啊？你就在这待着，一会儿一起走吧。

획：迅速转过身的样子。

⑥ 行了！我忙着呢。你就按我说的做吧！

⑦ 刚才还好好的，这又怎么了？

97

최대감 집

1. 관아에서 사람이 다녀가?
2. 예. 신임 사또의 서찰이랍니다.
3. 사또가 새로 왔는가?
4. 예에~ 어쨰 소리 소문 없이 부임한 모양입니다요.
……
5. 무슨 일입니까요?
6. 신임 사또가…… 날 잠시 보자 하네……

방울이네 집

7. 천지신명께 비나이다~ 부디 쇤네에게 저런 얼띤 잡신 말고 강성한 장군님 하나 내려……
8. 거기 계쇼?
9. 응.

최대감 집：崔大人家里

1. 衙门派人来过？
2. 是。这是新任使道的书信。
3. 又新来个使道吗？
4. 是。好像悄悄上任的。
5. 什么事情啊？
6. 新任使道……要见我一面……

방울이네 집：铃铛的家里

7. 求天地神明，小女子不想要那种没用的小鬼，请赐我一位强壮的大将军……
8. 你在那吗？
9. 嗯。

1. 아……
다 갈아 입었음 좀 가지?
진짜 아씬 양심도 없소?
멀쩡한 사람
도둑 만든 것도 모자라
황천길 초입까지 보냈음
할 만큼 한 거 아니우?

2. 그……건 미안했어.

3. 진짜 가주면 안 될까?

……

4. 갔나?

5. 비나이다~

시무룩

6. 쳇! 미리 가서 기다리고 있어야겠다.

터덜 터덜

① 哎……衣服都换完了就走吧？你怎么一点良心都没有。好好的一个人被你逼着去当小偷还不够，还送你到黄泉路路口，该做的我都已经做了吧？

② 那……件事对不起啊。

③ 求你离开这里行不行啊？

④ 走了吗？

⑤ 求您……

⑥ 哼！我就提前去那边等着吧。

터덜："터덜거리다"的词根，表示两腿无力地向前迈步的样子。

시무룩：闷闷不乐的样子。

사뿐

사뿐 사뿐

나풀 나풀

1. 적응 안 돼. 차라리 산발하고 거꾸로 나타날 때가 더 나았어.

2. 그래도…… 역시 옷이 날개군, 옷이 날개야……

3. 역시 내가 있어야겠어. 무슨 사고를 칠지 몰라. 기억 찾을 때까진 싫어도 같이 있을 밖에.

휘적 휘적

4. 가만…… 그러고 보니 가시환이 있었잖아! 바쁘다고 유세하는 사또 덕 볼 필요 없지? 어차피 바로 저승가면 그만인데.

사뿐：脚步轻盈的样子。
나풀：裙摆随风飘舞的样子。
휘적：走路大摇大摆的样子。

1. 真是不适应。还不如披头散发倒挂着出现的时候呢。
2. 还是人靠衣装啊，人靠衣装……
3. 看来我还是得留下来。要不然不知道她会在哪惹出什么麻烦。在她找回记忆之前，再烦，也得陪着她。
4. 等一等，才想起来，不是还有可视丸嘛！也不用非得指着那个装作很忙的使道啊。反正去了阴间就没事了。

폐가

타박 타박 타박

스으

1. 이봐! 보이그라! 보이그라!

2. 에이 참! 어디 간 거야?! 보이그라! 개똥도 약에 쓰려면 없다더니!

?!

3. 뭐야!

폐가：破旧的房子
타박："타박거리다"的词根，表示走路缓慢、无力的样子。
스으：突然出现的样子。

1. 喂，"易见丹"！"易见丹"！
2. 哎，去哪了啊？"易见丹"！平时常见的东西，怎么一到用时就找不到了。
3. 什么情况！

① 你们干什么啊!
② 抓住她。
주춤：迟疑的样子。
성큼：大步走的样子。
③ 不许碰我!
퍼억：打人时发出的声音。
④ 哎呀!
팟：一把抓住（阿娘）的样子。
버둥："버둥거리다"的词根，表示拼命挣扎的样子。

팍：使劲踩的样子。
⑤ 放开! 放开! 不许踩我的衣服!
비비적："비비적거리다"的词根，表示擦来擦去的样子。
⑥ 喂! 干什么呢! 你们想死吗?
⑦ 都怪你这个贱货，到嘴边的供品都飞了。
⑧ 这是什么混账话! 所以呢? 你想怎样?
⑨ 我要打你，直到我解气为止。
⑩ 什么? 你们可真行。一帮大老爷们合起伙来……啧啧……

꽉：使劲（咬）的样子。
1. 哎呀！
   꽉：使劲踩的样子。
2. 都干什么呢？抓住她！
   화악：用力扑的样子。
   부웅：从高处下落或从低处向上跳的样子。
   팟：从后面一把抓住的样子。
3. 放手！

척：一把接住的样子。
4. 哎呀！
   꽉：（因为裙子一下子被踩住）身体被拖住的样子。
   벌러덩：躺倒在地上的样子。
5. 放手！放手！
6. 喂，你这死丫头片子，真是越来越过分……

103

퍼억 : 一脚踹在身上发出的声音。
꽉 : 使劲（握住）的样子。
휘익 : 一把抱住（阿娘）的样子。
척 : 一把抱到怀里的样子。

1. 진짜 종류도 가지가지 다양하네. 이것들은 또 뭐냐아?
2. 넌 대체 사생활 관리를 어떻게 하는 거냐? 주변에 죄 못 잡아먹어 안달인 놈들만 드글드글 한 거야?
3. 너 옷 꼬라지가 그게 뭐야?! 그게 얼마짜린데!
4. 저……저놈, 사람 아닙니까?
5. 재주 좀 부리는 모양인데 너랑 상관없는 일이다. 그년 두고 그냥 가라.
6. 상관이 왜 없어? 내가 이 옷 때문에 얼마나 고생했는데!
7. 니들, 동짓날에 쓰고 남은 팥맛 좀 볼래?

멈칫!

3. 你衣服这是怎么了？你知道这有多贵吗？
4. 那……那家伙，不是人吗？
5. 看你好像有点本事，这事儿跟你没什么关系，把她留下，你赶紧走开。
6. 怎么没有关系？因为她这件衣服，我不知道费了多少事。
7. 你们想不想尝尝冬至用剩的红豆的厉害？

1. 你这玩的花样还真多啊。这帮家伙又是谁？
2. 你到底是怎么交友的？为什么你周围一个一个都恨不得把你吃了啊！

멈칫 : 突然停住。

1. 아님 그냥 옷 값 물어내고 조용히 꺼질래?

2. 헉!

?!

3. 이봐 사람. 괜히 어쭙잖은 참견 말고 조용히 꺼져!

4. 상관있다니까 그러네……

① 还是赔了衣服钱滚蛋?
흔들: "흔들거리다"的词根，表示摇动、挥动。

② 呃！（受惊吓）
탈: 因为吃惊而发愣的样子。
톡: 红豆落在手上发出的声音。
으이그: 哎呀！（失望）

③ 我说你这个人。别在这瞎管闲事了，安静地滚开吧。

④ 都说了跟我有关系了……
허허: 咧嘴笑的样子。
빠악: 重重地打的样子。

뻑: 用力打的样子。
퍽: 使劲用脚踢的样子。
척: 轻松过招的样子。
촤악: 使劲打的样子。
팍: 重重一拳打过去的样子。
멍: "멍하다"的词根，表示发呆的样子。

① 놔!

팍

뻑

슬금

슬금

② 사람 건들면 추귀 오는 거 몰라?

③ 추귀?

부웅

④ 그 전에 끝내!

퍽

퍼억

① 放手！
팍：一把抓住的样子。
뻑：从身后使劲踢的样子。
슬금：不声不响地，悄悄地

② 你们难道不知道招惹了人，会招来捉鬼的吗?

③ 捉鬼的？
부웅：跳到高处的样子。

④ 在那之前赶紧结束！
퍽：用力打的样子。
퍼억：用力打的样子。

1. 저……저놈. 아주 동에 번쩍 서에 번쩍 합니다.
2. 저 자식…… 대체 정체가 뭐야?!
3. 큭
4. 아악
5. 허억
6. 추귀다!

① 那……那家伙，真是忽东忽西的。
② 那家伙，到底是什么人啊？
　촥악：迅速蹲下身子的样子。
　붕：快速跳起的样子。
　빡：向脑部用力砸过去的样子。
　번쩍：突然举起（阿娘）的样子。
③ 啊！
④ 哎呀！
　콱악：紧紧勒住（脖子）的样子。
⑤ 哎哟！
⑥ 捉鬼的来了！

107

1. 捉鬼的来了!
2. 哎呀!
3. 快跑!
   벌컥：猛地一下，用力推门出来的样子。
   다다다다：飞跑时发出的声音。
   과앗：突然使劲甩开手的样子。
4. 怎么了?
   획：迅速转过头去看的样子。
5. 弄成这德行没脸见人了是吗？想找个地方洗洗脸再去？
6. 算了吧！反正也看不见！
7. 那女人的心怎么办？

1. 이씨!
2. 야! 같이 가!
3. 저게!
4. 이게 뭐야?!

뚝뚝뚝

팔각정

쏴아아

5. 도련님, 그만 가시죠. 약속 시간이 꽤 지나지 않았습니까?

……

1 哼！
2 喂！一起走啊！
3 这家伙！
4 这是什么啊！
뚝뚝뚝：雨滴滴落的声音。
팔각정：八角亭
쏴아아：雨水倾泻而下的声音。
5 少爷，还是回去吧。约定的时间不是早就过了吗？

109

빗물에 드러난 주검 [1]

[2] 거 참……아니, 사또가 기다리라고 했는데 그냥 가나?

[3] ……난……왜 이렇게 되는 일이 없을까……

[4] 그러게 말이다. 그 나이에 객사를 하질 않나~ 귀신이 되선 기억을 잃질 않나~ 새 옷을 입어도 하루를 못 가.

[5] 정혼자 한번 보고 가겠다는데 그것도 안 되네. 너 억울해서 이대론 저승에 못 가겠다.

---

[1] 雨中现尸体
　　쏴아아아아：雨水倾泻而下的声音。

[2] 真是的……不是，使道约他，他也敢走？

[3] 我……为什么就没有一件顺心的事呢？

[4] 说的是啊。小小年纪死在异乡不说，成了鬼吧，还丧失了记忆，穿件新衣服也撑不过一天……

[5] 想见一面未婚夫再走也没见到。就这么去阴间，你也太冤了吧。

1. 이 나쁜 영감탱이!
2. 이 나쁜 영감탱이야아~~~~~~~~~~~~~~!
3. 대체 내가 뭘 잘못한 거냐고!
4. 대체 나한테 왜 이러는 건데!

우두두두

천상 무극정

5. 누가 그댈 찾는 모양인데.
6. 영감탱이라잖아~ 난 아니지.

1. 这个坏老头！
2. 这个坏老头子！
3. 我到底做错了什么啊！
   우두두두 : 震颤、震动的样子。
   천상 무극정 : 天上无极亭
4. 到底为什么这样对我！
5. 好像有人在叫你啊。
6. 是叫老头，当然不是我了。

111

밀양 기괴 절벽

우 두 두

좌 아 아

관아

나으리~
나으리~
사또 나으리
~~!!

2
아이고~ 아씨~
이게 무슨 일입니까?

3
3년 전 사라진
이부사의 딸이 맞답니다.
침모 말이니
확실할 겁니다.

엉엉엉

어떻게
3년이나 됐는데
썩지도 않고
그대로인지……

밀양 기괴 절벽：密阳奇怪的峭壁
우두두：（雨水、叶子等）落下的样子。
좌아아：浮现出尸体的样子。
관아：衙门

① 大人！大人！使道大人！

② 哎哟，小姐！这是怎么了？
엉엉엉：号啕大哭的声音。

③ 据说是三年前消失的李府使的女儿。是做针线活的那个老婆子说的，应该没有错。都过了三年了，尸体居然没腐烂，还是老样子……

112

……

꼴을 보아하니 살해 당한 것 같습니다요.

비녀가 없다……

슥!

……

보지 마라.

보지 마.

1. 没有发簪……
2. 看样子应该是被人杀害的。
   슥 : 突然出现的样子。
3. 别看了。
4. 别看了。

1. 아이고~ 아가씨~ 하늘도 무심하시지~ 이렇게 돌려보내 주실 건 뭐요~~
2. 내……가…… 왜…
3. 내가 왜……
   획
   다 다 다
4. 왜……

1. 哎呀，小姐！老天真是无眼！怎么能让小姐这样出现呢！
2. 我……为什么……
3. 我为什么……
   획：迅速转身的样子。
   다다다：飞跑时发出的声音。
4. 为什么啊……

① 为什么……那个样子……为什么……我为什么要那样躺在那？我为什么会死？
허겁지겁：惊慌失措的样子。
이년이 우리 음식을：这死丫头居然动我们的食物……
퍽：用力踢的样子。

우물：“우물거리다”的词根，表示支支吾吾的样子。
슥：悄悄出现的样子。
어엉엉엉엉：号啕大哭的声音。

115

1. 우리가 뫼시겠네.
2. 으응? 하……하지만
3. 대감마님의 명일세.
4. 손 떼라.
5. 정신 나갔어? 딱 봐도 살인인데 가족도 아닌 남한테 그냥 막 넘기냐?
6. 이보시오! 뉘신데 물색없이 나서는 게요?!
7. 나……? 나, 사또.

1. 我们会带回去的。
2. 嗯？可……可是……
3. 是大人的命令。
4. 把手拿开。
5. 是不是疯了？一看就是被人杀害的，还敢就这样随便交给外人？
6. 喂！你是谁啊，敢这样站出来？
7. 我？我是使道。

① 누명의 진위는 중요한 게 아닙니다.

아버님의 엄명이 있어서…… 사또 뜻대로 해 드리기는 힘들 듯합니다만.

② 납득하시지 않겠소? 아씨의 상황으로 보아 누명을 쓴 게 틀림없습니다. 그댁 입장에서도 아씨의 명예 회복이 필요할 텐데요.

?

③ 도령, 정혼녀의 변심이 원망스러웠겠지만 지금 상황으로 봐선 잘못된 소문……

④ 솔직히 낭자에 대해선 아는 바가 없습니다. 정략혼을 받아들여 얼핏 얼굴 한 번 봤을 뿐, 생김이 어떤지도 기억에 없습니다.

⑤ 차다 하시겠으나…… 마음이 있어야 원망이나 미움 같은 것도 깃들지 않겠습니까.

사또께서 어찌 처리하시든 전 상관없습니다. 허나 아버님은 그냥 보고만 계시진 않을 겁니다.

꾸벅

⑥ 허면.

허……

① 她是否受冤并不重要。因为有家父命令在身，所以这件事不能按照使道的意思办了。
② 不同意吗？根据目前的情况看，这位小姐一定是被冤枉的。我想贵府应该也想为小姐恢复名誉吧。
③ 公子，因为未婚妻的变心你肯定心里埋怨她，但现在看来那应该是虚假的传闻……
④ 说实话，我对李姑娘一无所知。只是为了这桩政治婚姻，彼此见过一面，我连她长什么样都记不太清了。
⑤ 您可能会说我冷漠……有爱慕之心，才会有怨或恨，不是吗？使道您如何处理，跟我无关。但家父一定不会坐视不管的。
꾸벅：点头（鞠躬）的样子。
⑥ 那就（告辞了）。
허：叹气的样子。

117

이서림 방

1. ……
이리 생겼었니……?
눈은 이리 생기고
코는 이리 생기고
입은 또 이리 생겼었니?

2. 고……왔구나.

3. 헌데
왜 그리 춥고 더러운 데
들어가 있었어?
왜 그렇게 맹탕처럼
당하고만 있었어?!
무슨 일이 있었던 거니?
누가 그런 거니?
난 몰라도
넌 알 것 아니니……?

울먹 울먹

4. 몰라?
왜 몰라? 바보야!
왜 몰라?!

주륵

이서림 방：李书琳的房间

1. 原来你长成这个样子啊？眼睛是这样的，鼻子是这样的，嘴又是这样的？
2. 很漂……亮啊。
3. 可是，为什么在既冷又脏的地方躺着啊？为什么就那样受欺负呢？发生了什么事情啊？谁做的啊？我不知道，你应该知道的啊……

울먹："울먹거리다"的词根，表示带着哭腔的样子。
주륵：泪水流下来的样子。

4. 不知道吗？为什么不知道？傻瓜！为什么不知道！

1. 기다려. 내가 알아내 줄 테니까.

2. 영감탱이! 난 기도 같은 거 어떻게 하는 줄 몰라. 그래도 들어줘! 그 위에서 내려다보니까 다 보였을 거 아냐? 쟤한테 무슨 일이 있었던 거야? 본 대로만 말해 줘. 제발 말좀 해 줘!

3. 옥황상제님. 지금까지 나쁜 짓 한 거 잘못했어요. 욕한 것도 잘못했어요. 알려만 주면 진짜 아무 짓도 안 하고 얌전히 저승 갈게요. 예?!

천상 무극정

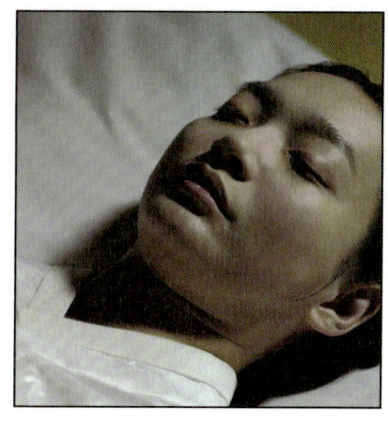

4. 꼼짝 말고 있어. 저놈은 오기만 하면 바로 내거야. 특별히 가중처벌이다. 뭘 상상하든 곱절이 될 터!

5. 말해 주면 얌전히 온다잖아.

1 等着吧。我去帮你查清楚。
2 死老头子！我不懂祈祷之类的要怎么做。不过你也要听我说！你在上面往下看，什么都看得很清楚？那孩子到底发生了什么事情啊？你就把你看到的告诉我。求你告诉我吧。
3 玉皇大帝，到现在为止我做的所有坏事，都是我的不对。骂人那些也是我的不对。只要你告诉我，我就真的不再惹祸，乖乖地去阴间。好吗？

천상 무극정：天上无极亭

4 你一步都不许动。那家伙只要来了，就是我的。我要对她加重处罚，绝对超乎你的想象。
5 她不是说了嘛，只要你告诉她实情，她就会乖乖地来。

방울이네 집

1. 비나이다~ 비나이다~ 천지신명께 비나이다. 부디 쇤네에게도 제대로 된 장군님 한 분만 내려 주시옵소서.

2. 무당이 해 줘야 할 일이 있어!

우씨! 또 왔어~흑

산속 폐객잔

쭈뼛 쭈뼛

3. 으씨~ 우리 엄마가 절대로 여긴 들어가지 말라고 했는데……

4. 여기가 어딘데?

5. 일종의 저승문이라고 생각하면 돼.

6. 그래도 아씨가 원하는 걸 할 수 있는 데는 여기밖에 없어.

7. 알았어. 근데 은근 말 짧아졌다?

파앙

어!

방울이네 집 : 铃铛的家里
1. 祈愿! 祈愿! 求天地神明，请赐一位真正的将军给小女。
2. 有件事需要你帮忙！
   우씨！또 왔어 ~ 흑：哼！怎么又来了，哼。
   산속 폐객잔：山中废客栈
   쭈뼛：毛骨悚然的样子。
3. 哎哟，我娘说过，绝对不要进这里。
4. 这是哪里啊？
5. 你就把它当成一道鬼门关就可以了。
6. 也只有这里能完成你想做的那件事。
7. 知道了。不过你怎么跟我说话这么随便了？
   파앙：突然发出的巨大响声。
8. 哎呀！

쫙：使劲往下撕的样子。
후：吹气的样子。

1. 도대체 얼마나 대단한 놈을 잡으려는 거요?
2. 모르는 게 좋아.
3. 이거 잘못 되면 아씨는 아예 없어지는 겁니다요.
4. 진짜 할 줄은 아는 거야?
5. 한 번도 해본 적은 없지만 책에 써 있는 대로만 하면 잘 될 거요.
6. 근데 진짜 누구를 잡으려는지 얘기 안 해 줄 거요?
7. 이……이게 뭐유? 이거 갑자기 왜 이래?!
8. 조금만 참아. 금방 없어져.
9. 뭔 짓을 한 거야?! 뭔 짓을 했어?!
10. 이 정도 조화면 찾아오겠지.

① 你到底要抓多厉害的家伙？
② 你最好不知道。
③ 这要弄不好，小姐可能会消失的。
④ 你真的会做吗？
⑤ 一次都没试过，但按照书上写的做，应该可以的。
꽁꽁：(捆得)严严实实。
⑥ 你是真的不打算告诉我你要抓谁吗？
⑦ 这……这是什么啊？怎么突然这样了？
간질："간질거리다"的词根，表示发痒。
벅벅：抓挠的样子。
⑧ 等会儿吧，一会儿就好了。
⑨ 做什么了？做什么了啊！
⑩ 我都做到这程度了，他应该会找上门吧？

121

1. 你做好回去的准备了吗?
2. 不过……
3. 让我见见玉皇大帝吧。
4. 阿娘,你能见到的是阎罗。他还要审判你这段时间所犯下的罪。
5. 喂,阴间使者。
6. 阴……阴间使者?
7. 阿娘,玉皇大帝你可见不到。
8. 不,我一定要见那个老头子!

꿍:使劲的样子。
드르르:拉门发出的声音。
쾅:关门时发出的声音。

우웅：嗡的一声。
부웅：（阴间使者）被吸过去的样子。
붕：（阿娘）被吸过去的样子。

1. 哎，出事了！
   딱：放下棋子的样子。
   팍：身体相撞的样子。
2. 这是干什么呢，阿娘！
3. 让我见玉皇大帝！
4. 哎哎，出事了！
   웅웅웅：嗡嗡巨响。
5. 哼，没门！
6. 你到底为什么要逼我到如此地步？
7. 跟你说了你也理解不了！

천상 무극정

1. 이제 다 끝났다! 으하하하하~

2. 부탁이야. 옥황상제를 만나게 해 줘.

3. 아랑, 난 원귀와는 거래 안 해.

4. 하…… 하……한.

5. 하…… 한 수만 물리자.

6. 응?

7. 너무 아까워 그래! 너무! 한 수만 물려!

8. 그럼 나한텐 뭘 해 줄 건데?

천상 무극정：天上无极亭

1. 都结束了！哈哈哈！
   똑：棋子落在棋盘上的声音。
2. 求你了。让我见玉皇大帝吧。
3. 阿娘，我不和冤鬼做交易的。
4. 一……一……就一步。
5. 就让我悔一步棋吧。
6. 嗯？
7. 太可惜了。实在太可惜了！就让我悔一步吧。
8. 那你能为我做什么？

1. 巫灵！
2. 我答应你的条件。
3. 巫婆！
4. 这就行……行了吗？
5. 他这人向来说一不二的。

탁：使劲向下拉的样子。
스륵：绳子被拉下来的声音。
풀썩：跌坐在地上的样子。
6. 以后再也不许做这种事情了！
7. 我们哪还有机会再这样亲密接触啊？

똑：棋子落在棋盘上的声音。
방글：微笑的样子。
못마땅："못마땅하다"的词根，表示不满意。
사박："사박거리다"的词根，表示走在草丛中的脚步声。

1. 失忆症……你到底去哪了？
황천길：黃泉路

저승으로 간 아랑 [1]

방울이네 집

[2] 처…… 천지신명이시여…… 쇤네는 아무 잘못이 없사옵고.

[3] 무당!

[4] 으악~

화들짝

[5] 왜 그래?

[6] 엄마야! 엄마야!! 엄마야아~!!

벌러덩

[7] 아! 도령!

[8] 기억실조증 여기 안 왔어?

[9] 왔다 갔소!

[10] 어디로?

[11] 어디긴 어디야! 저승 갔지! 이번엔 진짜 갔소. 어휴~ 미친 귀신. 나한테 인사까지 하고 갔다니깐!

[12] 뭐? 저승에 가 버렸다고?

[1] 去了阴间的阿娘
방울이네 집：铃铛的家里
[2] 天……天地神明……真的不怪小女。
[3] 巫婆！
[4] 哎呀！（受惊吓）
화들짝：受惊吓的样子。
[5] 怎么了？
벌러덩：受惊吓而仰面倒地的样子。
[6] 妈呀！妈呀！妈妈呀！
[7] 哎呀！公子！
[8] 失忆症没来这里吗？
[9] 来了又走了。
[10] 去哪了？
[11] 还能去哪？去了阴间呗。这回真走了。哎！疯鬼。还跟我道了别走的。
[12] 什么？去阴间了？

128

1. 我看她是真疯了。为了见玉皇大帝，还威胁阴间使者。哎哟，疯了，疯了。估计去了阴间也过不安稳。
   황천강：黄泉江
2. 这就是黄泉江。只要过了这里，就回不来了。你对人世间再没有留恋了吗？
3. 还没来得及道别……
4. 你就遵守你的约定吧！
5. 上船吧。

스윽: 轻轻踏上船的样子。
출렁: 水波荡漾的样子。
콰콰: 水流奔腾咆哮的样子。

콰 콰 콰 콰 콰

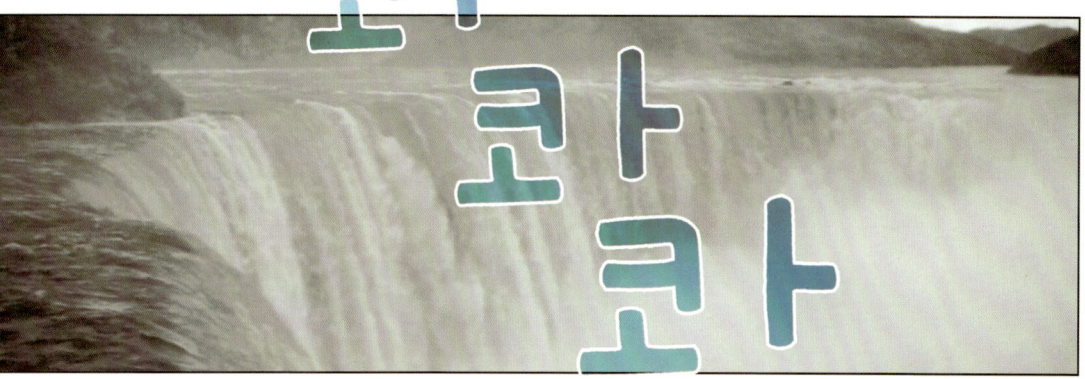

보글:"보글거리다"的词根，表示咕嘟咕嘟冒泡的声音。
싸아:慢慢（向阴间）靠近的样子。
스으:轻轻把眼睛睁开的样子。

1. 喂，失忆症！
깜짝:突然受惊吓的样子。
저승문:阴间的入口。
둥:表示阴森森的氛围。

스릉：突然出现的样子。
좌악：起身时发出的声音。
벌떡：突然起身的样子。
[1] 你骗……我？
슈우웅：空中飞来飞去的样子。

1. 지옥……?
2. 이승에 남은 죄도 만만치 않아. 근데 그 죄는 여지가 좀 있소. 우리로 치면 장 1,000대 정도 맞고 옥살이 한 1년 하다 풀려나면 돼.
3. 자수하면 장 100대 정도 맞고 광명 찾을 수 있지. 아, 물론 살았을 때 지은 죗값은 별도지만 말야.
4. 근데 오늘 한 짓은 이러고저러고 여지가 없어, 여지가. 감히 무반사신을 협박한 건, 이건 재판이고 뭐고 바로 지옥행이거든.
5. 무당이 어떻게 알아?! 신기도 없으면서.
6. 책에 다~ 나와 있소!
7. 돌팔이 삼류 이야기 책 아냐?!
8. 우리 무죄자지옥아귀축생수라문전당당투석서를 뭘로 보고!
9. 그 지옥이란 덴 어떤데?
10. 어떻긴 뭘 어때? 이루 말로 다 할 수가 없지!
11. 지옥은 총 10개요. 하나하나가 정말 끔찍하지. 삶고 튀기고 그러는 건 기본이고.

방울이네 집

방울이네 집 : 铃铛的家里
1. 地狱？
2. 她留在阳间的罪孽也不轻啊。不过那罪还算好一些。按我们的法律来讲，大概就是打一千大板，再坐一年牢就可以了。
3. 如果自首的话，挨一百大板也就可以了。当然，活着的时候犯下的罪要另算。
4. 但是今天犯的罪没有任何狡辩的余地。胆敢威胁阴间使者，这根本不用审判，直接就得下地狱。
5. 你怎么知道？你又没沾神气。
6. 书上都写着呢！
7. 你看的是那种胡乱写的三流小说吧？
8. 你把《无罪者地狱饿鬼畜生修罗门前堂堂投石书》当成什么了！
9. 那个叫地狱的地方是什么样的啊？
10. 能怎样？用言语表达不清楚！
11. 地狱共分十层，每层都很恐怖。煮、炸是基本。

1. 톱으로 자르는 거해지옥.
2. 칼바람이라고 들어봤지? 진짜 칼날로 된 바람에 몸이 찢기는 풍토지옥도 있소. 하여튼 별별 지옥이 다 있지.
3. 에구~ 저도 지옥이 그 정돈지 몰랐으니 그 짓을 벌였겠지. 알았음 아무리 절박해도 그렇게 덤볐겠어? 쯧쯧.
4. 이제와 하는 말인데 그애가 보기에는 독해 보여도 속은 물러 터졌거든~

최대감 집

5. 목이 빠져라 달만 쳐다보고 있으면 방아 찧는 토끼가 저절로 뚝 떨어져 준다든?

① 用锯子锯的锯解地狱。
② 听说过刀风吗？还有卷着刀的风把人吹得皮开肉绽的风讨地狱。反正就是各种地狱都有。
③ 哎哟，估计她是不知道地狱是那样的，所以才会做那种事情。如果知道的话，就算再急迫，也不会那样乱来啊。啧啧。
④ 这话我是现在才说，她虽然看起来很凶，但其实心地很善良的。
최대감 집：崔大人家里
⑤ 你那样瞪大眼睛望着月亮，天上的玉兔就会自己掉下来吗？

1. 태는 제법 갖춰지는구나. 헌데 눈비음만 그럴싸하다고 다 되는 건 아니지. 흥! 진짜 가짜는 저절로 구별이 되는 법이니까.

2. 네놈 때문에 이 집안에 조금이라도 화가 미친다면 그땐 정말 가만두지 않을 것이야!

다음 날, 관아

3. 자…… 장례요?

4. 그래. 장례를 치러 줘야겠으니 제대로 준비들 하시게.

5. 허면…… 관은 뭘루다가…… 향관은 값이 만만치 않으니 오동나무관으로다가.

6. 문상객들도 받도록 하게.

7. 무……문상객을요……? 허나, 가족도 없고 친지들이 있던 것도 아니고…… 누구에게 알려야 할지……

8. 누구긴 누구야? 마을 사람들한테 알리면 될 거 아냐? 와서 마음을 다해 고개 숙이고 그간 입방정 떤 죄를 씻으라고 해.

① 光看外表倒像那么回事。但并不是外表像样了就可以了，哼！真相终会大白！
② 如果你惹出祸端，影响了我们家族，我绝对饶不了你！
다음 날, 관아：第二天，衙门
③ 葬……葬礼吗？
④ 对。要给她办葬礼，所以你们都好好准备一下吧。
⑤ 那么……棺木用什么呢……檀香木棺材价钱太贵，就用梧桐木怎么样？
⑥ 再接待一下吊丧者吧。
⑦ 吊……吊丧者吗？可是，她没有家人，也没有亲戚，这要通知谁啊？
⑧ 什么谁啊？告诉村里人不就行了吗？让那些胡编乱造，诬陷李姑娘的人们来好好低头认错，争取洗清自己的罪恶。

1	씻어질지 모르겠지만.
2	기억실조증. 내가 해 줄 수 있는 건 이것 밖에 없다…… 육신만이라도 편히 쉬어라…… 네 장례가 끝나면 난 떠날 것이다.
3	순순히 장례를 치르겠다?
4	예. 오늘부터 문상객을 받고 삼일장으로 치르겠다 합니다요.
5	살인 사건이네 어쩌네 하면서 일을 크게 벌릴 것처럼 하잖았어?
6	그……그게…… 원체 왔다 갔다 하는 자라……통 종잡을 순 없는데……
7	뒤늦게 아차 싶었던 게 아니겠습니까?

끄덕끄덕

저자 거리

8	이부사 여식 장례를 치뤄 준다는구먼. 문상을 와서 고인에게 사죄하라는데?
9	사죄……를? 무얼?
10	모르지. 괜히 문상 갔다가 최대감 마님한테 찍히기라도 하면 어쩔란가?
11	헌데 말일세……난……

① 虽然不知道能不能洗得清。
② 失忆症，我能为你做的也就这些了……希望你的肉体能够安息……你的葬礼一结束，我就会离开。
③ 只是单纯办葬礼吗？
④ 是。今天开始接待吊丧者，葬礼按照三日葬来办。
⑤ 当初不还说是谋杀事件之类的，一副要把事情闹大的样子吗？
⑥ 那……那个……他这个人本来就是变来变去，捉摸不透的一个人……
⑦ 是不是现在觉得后悔了啊？
끄덕：点头的样子。
저자 거리：集市
⑧ 说是要给李府使的女儿办葬礼呢。还要咱们去吊唁，向已故者谢罪。
⑨ 谢……罪？凭什么啊？
⑩ 不知道。万一去了，再被崔大人逮住，那可怎么办？
⑪ 不过，我……

137

1 이참에 사또한테 가서 그 뭐냐, 이번 방납 얘기 좀 해 볼까 싶기도 하네. 사실 최대감 마님이 방납 이자를 너무 많이 요구하시는 거 아닌가?

2 그런 소린 하지도 말게!

3 쥐도 새도 모르게 끌려가 죽고 싶나? 그리고 그 밥에 그 나물일텐데 사또가 가만히 자네 얘길 듣고 있겠나?

관아

4 이 녀석아. 어떻게 이틀이 되도록 개미새끼 한 마리 얼씬을 안하냐? 너도 차암…… 이런 마을에서 어떻게 살았던 거냐?

1. 也想趁这机会找使道说说进贡的事情。说实话，崔大人这次要的利息也太高了不是吗？
2. 不要说那样的话。
3. 你想神不知鬼不觉地被拖去弄死吗？再说他们都是一类人，你以为使道会好好听你说吗？

관아 : 衙门

4. 我说你这家伙，都两天了，怎么连个人影都看不见？你也真是的……在这样的村子里，你是怎么生活的啊？

1. 참말로 장지에서 바로 가실라고요?
2. 응. 더 있을 이유가 없구나.
풀짝 풀짝
획
3. 아차! 봇짐!
멈칫
!
4. 그동안 잘 있었소?
방긋
5. 다시 보니 반갑소.
6. 너…… 넌……

1. 您真的要办完葬礼就回去吗?
   풀짝：蹦蹦跳跳的样子。
2. 嗯，没有理由再待下去了。
   획：迅速转身的样子。
3. 哎呀！我的包裹！

멈칫：突然停住。
4. 你过得还好吗?
   방긋：微笑的样子。
5. 很高兴再次见到你。
6. 你……你……

1. 走吧，少爷。
2. 嗯？谁啊……你是来吊唁的吗？
3. 石铁，你先去等着吧。
   켁：受惊吓或感觉紧张、恐惧的样子。
4. 你……你……阴间，地狱，不是……
5. 你怎么知道我去了阴间啊？
6. 哦，巫婆！
7. 你……怎么回事啊？
8. 你找过我了？哇！你担心我了？我以为使道你……

1. 너 뭐냐구!
2. 나……사람 됐소.
3. 무슨 소리야! 사람이 됐다니!

1. 你到底怎么回事?
2. 我……变成人了。
  생글 : 笑呵呵的样子。
  터억 : 抓起（阿娘的）手就往屋里走的样子。
3. 什么意思啊? 什么变成人了?
  싱긋 : 微笑的样子。

141

사람으로 돌아오다 ①

저승문

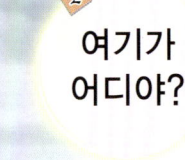

여기가 어디야? ②

---

① **变成人回到阳间**
  저승문：阴间入口
  부웅：飞向高处时发出的声音。
  쿠웅：（阴间的）门打开时发出的声音。
  질끈：紧紧（闭上眼睛）的样子。

  슈우우：在空中飞过的声音。
  탁：脚着地时发出的声音。
  두리번："두리번거리다"的词根，表示左顾右盼的样子。

② 这是哪里啊？

천상 무극정

1. 아랑, 날 보자 한 이유가 무엇이냐?

2. 대체 뭘 뿌린 거야?

3. 여인맞이 천상의 향.

천상 무극정 : 天上无极亭
1. 阿娘，你为何要见我？
    쿵쿵 : 吸气闻味道的样子。
2. 你到底喷了什么啊？
3. 天宫迎女之香。
    끙 : 哎哟！

143

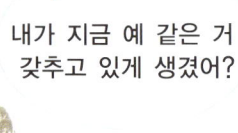

1. 흥! 드디어 만났군! 옥황상제 영감탱이!
2. 이쪽이다.
3. 오……옥황상제여……영감탱……이?
4. 그 영감탱이란 말은 좀 빼고. 내가 어딜 봐서 영감탱이야?
5. 흥! 영감탱이. 겉만 멀쩡하면 누가 속을 줄 알고?
6. 아랑. 예를 갖춰라.
7. 내가 지금 예 같은 거 갖추고 있게 생겼어?
8. 아랑!
9. 됐다. 계속해 봐.
10. 물어볼 게 있어 왔소. 내가 왜 죽어서 그 꼴로 땅 속에서 뒹굴고 있던 건지 알고 싶소.
11. 응? 그랬어?

1 哼！终于见到你了！玉皇大帝老头子！
2 是我！
3 玉……玉皇大帝老……老头子？
4 把那老头子去掉，你看我哪里像老头子啊？
5 哼！老头子。你以为外表看上去不错，我就会受骗吗？
6 阿娘，快行礼。
7 你觉得我现在还有心思给他行礼吗？
8 阿娘！
9 算了。接着说。
10 我有话要问你。我想知道，我为什么会那副样子死在那里？
11 嗯？是吗？

1. 모……몰랐소? 옥황상제잖소?

2. 이런 중생을 봤나?! 옥황상제라고 어찌 다 아나. 내가 돌볼 중생이 얼마나 많은 줄 알아? 어찌 너한테만 관심을 둘 수 있어? 네가 뭐라고.

3. 그치만……

4. 허나 네 그토록 절박하다면 우리가 고민을 좀 해 보지.

속닥

5. 아까 결론 다 봤는데 뭘 의논하는 척 해! 나랑 한 약속이나 지켜.

6. 아랑, 네 죄만 보자면 당장 지옥행이지만 여기 상제의 간곡한 청으로……

뻘쭘

7. 그건 아니지. 내가 그대에게 간곡히 청해야 할 자리는 아니잖아.

8. 간곡한 청으로 네게 한 번 더 기회를 주기로 했다.

---

1. 你不……不知道啊？你不是玉皇大帝吗？
2. 哪有你这样的！玉皇大帝就要知道所有的事吗？你知道我需要照顾多少生命吗？怎么可能只关注你一个？你算什么啊。
3. 可是……
4. 但是如果你心情真的那么急迫，我们倒是可以考虑考虑。
   속닥："속닥거리다"的词根，表示窃窃私语的样子。
5. 刚才都说完了，还假装商量什么啊！你就好好遵守我们的约定吧。
   뻘쭘："뻘쭘하다"的词根，表示尴尬的样子。
6. 阿娘，根据你的罪行本应立刻被打入地狱，但是因为玉帝的恳求……
7. 话可不能那么讲吧。我没必要向你恳求啊。
8. 因为玉帝的恳求，所以我决定再给你一次机会。

1. 천상의 시간이 시작된 이래 처음 있는 일이나……
2. 우리가
3. 너를
4. 이승으로 되돌려 보내 주겠다.
5. 네 질문에 네 스스로 답을 찾아오너라.
6. 답을 찾지 못하면 넌 지옥 중에 지옥으로 끌려가 천만억겁의 세월이 지나도 벗어나지 못하는 고통을 겪게 될 것이다.
7. 그리 되면 오직 네가 할 수 있는 일은 오늘, 여기, 이 자리에 왔음을 후회하는 것 뿐. 그래도 그리 할 것이냐?

---

① 自开天辟地以来，此为首例。
② 我们……
③ 决定将你……
④ 送回阳间。
⑤ 对于你提出的问题，你要自己找到答案。
⑥ 如果找不到答案，你会被打入地狱底层，永世不得超生。
⑦ 到时候，你只会后悔今天来过这里。即便这样，你也愿意吗？

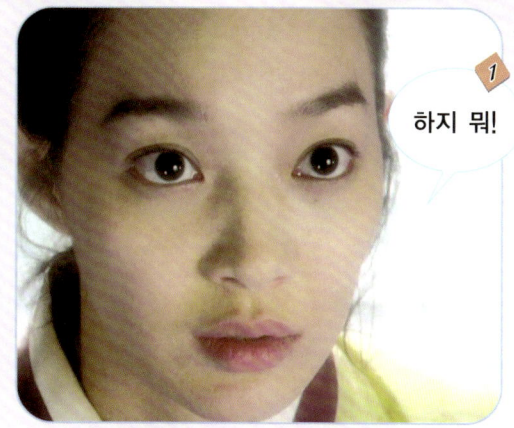

!

……

하지 뭐!

1 愿意啊!
웅:"嗡嗡"巨响。

① 천지가 열리기 전 오직 하나, 태극이 있었으니 그로 인해 천지, 음양, 사시가 생성하고

② 이기, 오행, 만물이 화생하였도다! 우주의 본체! 단 하나의 존재!

③ 태극의 힘이여! 죽었으되 살았고 살았으나 죽은 이를 위하여

④ 산 몸 죽은 심장을 허하라!

① 天地未开，世间唯有太极存在，天地、阴阳、四时皆生于太极。
큐웅：施法时发出的声音。
쿠쿠：施法时发出的声音。

② 二气、五行及万物亦由此生成。宇宙的本源，唯一的存在！

③ 太极的力量！为那些生即是死，死即是生者……
촤앙：伸手发功时发出的声音。

④ 赐予新的生命！
캬앙캉：用力发功时发出的声音。

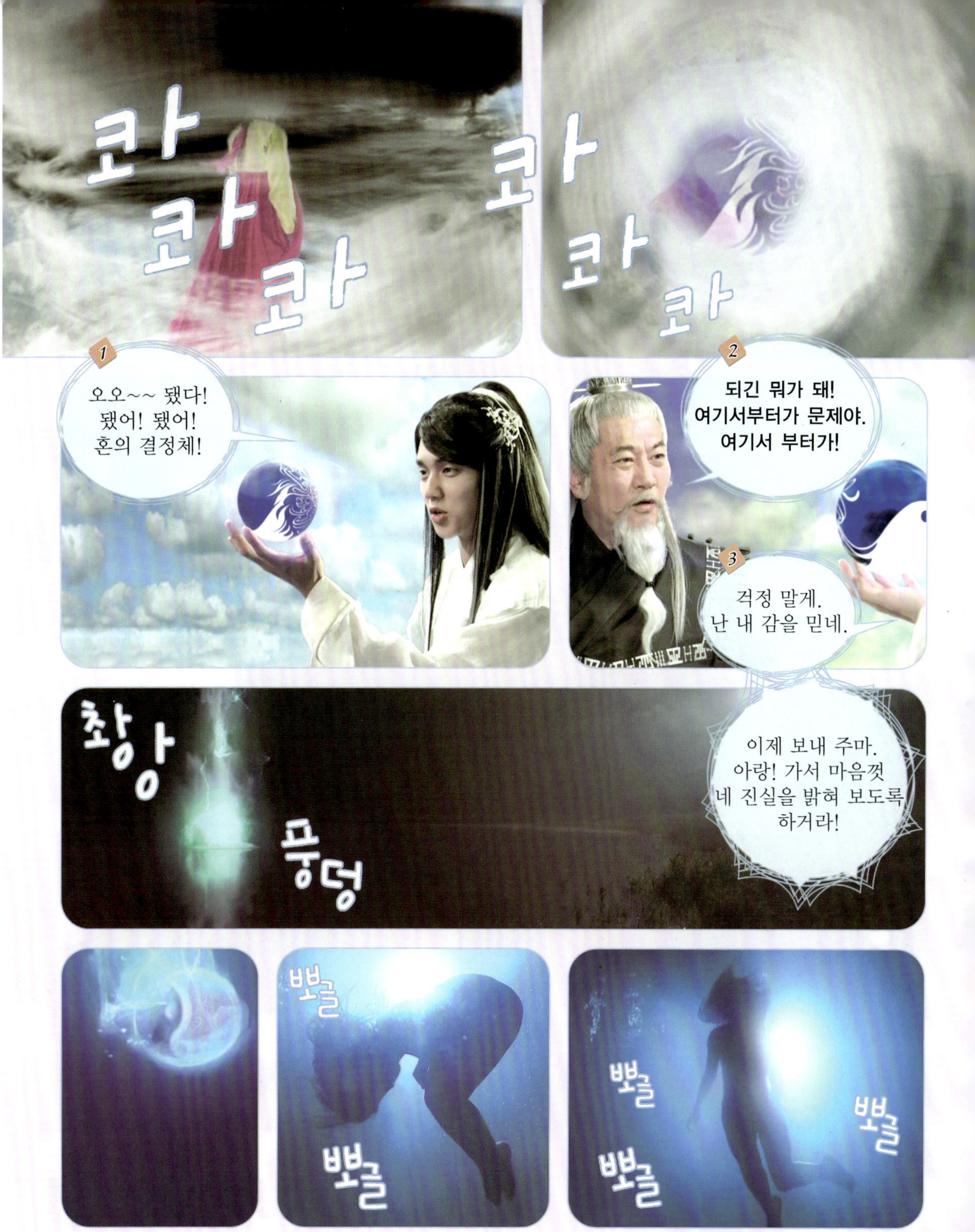

콰콰콰: 阿娘慢慢被卷进太极球中时发出的声音。

1. 오오~~ 됐다! 됐어! 됐어! 혼의 결정체!
2. 되긴 뭐가 돼! 여기서부터가 문제야. 여기서 부터가!
3. 걱정 말게. 난 내 감을 믿네.

이제 보내 주마. 아랑! 가서 마음껏 네 진실을 밝혀 보도록 하거라!

① 哦，好了。可以了，可以了！灵魂的结晶体！
② 可以什么啊！从这里开始才是问题，就是这里！
③ 别担心。我相信我的感觉。这就送你过去。阿娘！去那边查明真相吧！

창앙: 太极球飞过高空时发出的声音。
풍덩: 较大或重的物体掉进水里发出的声音。
뽀글: "뽀글거리다"的词根，表示咕嘟咕嘟水里冒泡的声音。

1 噗!
좌악：将头抬出水面时发出的声音。
2 是不是疯了!
3 这两个变态老头子！至少要给我件衣服吧!
슥：迅速拽下衣服的样子。
저자 거리：集市
4 我真的变成人了吗？要是有小镜子一类的东西马上就可以知道了……
5 小孩儿，你能看见我吗？
6 嗯。
7 怎么样？
8 很漂亮。
크크크：忍不住笑出声的样子。
폴짝：蹦蹦跳跳的样子。

① 使道……我的葬礼……嘻嘻！
　흐뭇："흐뭇하다"的词根，表示心里很高兴。
② 就是说，玉皇大帝让你变成了人？
③ 嗯。
④ 让你去查自己的死因？
⑤ 嗯。
⑥ 这样的机会为什么只给你？
⑦ 不知道啊。可能是我看起来比较可怜吧。

151

① 솔직히 내가 얼마나 불쌍해? 그러니까 사또, 이제 우리 본격적으로 한번 내 죽음의 진실을……

② 되련님!

③ 되련님 때문에 전부 손 놓고 기다리고 있잖습니까요!

④ 먼저들 가라 해.

⑤ 먼저 가면 뭐합니까요? 사또도 없이.

으씨!

⑥ 어디 가는데?

⑦ 아! 이서림 장례식?

⑧ 방 안에서 뭘 하고 계신 겁니까? 쇤네 들어 갑니다요!

⑨ 아냐! 나가! 들어오지 마!

⑩ 너……일단 꼼짝 말고 여기 있어. 절대 밖에 나오지 마!

⑪ 들어갑니다아~!

쿵 벌컥 아! 벌러덩

① 说实话，我多可怜啊。所以我说，使道，现在开始我们就正式查一下我的死因……

② 少爷！

③ 因为少爷您，所有人都在等着呢！

④ 让他们先去吧。

⑤ 先去干什么啊？您又不在。
　으씨：哎呀！（烦躁）

⑥ 去哪里啊？

⑦ 哦！李书琳的葬礼啊？

⑧ 您在房间里做什么呢？小的要进去了啊！

⑨ 不行！出去！不要进来！

⑩ 你……先待在这里不动。千万不要出来！

⑪ 我进去了啊！
　벌컥：猛地一下，突然推门出来的样子。
　쿵：（石铁）撞到门上发出的声音。

⑫ 哎呀！
　벌러덩：受惊吓而仰面倒地的样子。

1. 누구냐니깐……?
2. 몰라. 아직 정리가 안 됐다.
3. 뭔 소리야?

이서림 방

4. 나…… 돌아왔어. 이서림.

달칵

5. 진짜…… 사람이……됐어……진짜.

6. 이승으로 돌아가 네 진실을 스스로 밝혀라.

① 那人是谁啊？
② 不知道。还没理清楚呢。
③ 什么意思啊？
이서림 방 : 李书琳的房间

달칵 : 开门进屋的声音。
④ 我……回来了，李书琳。
⑤ 真的……变成了……人……真的。
⑥ 回到阳间去自己查清楚事实的真相吧。

153

천상 무극정

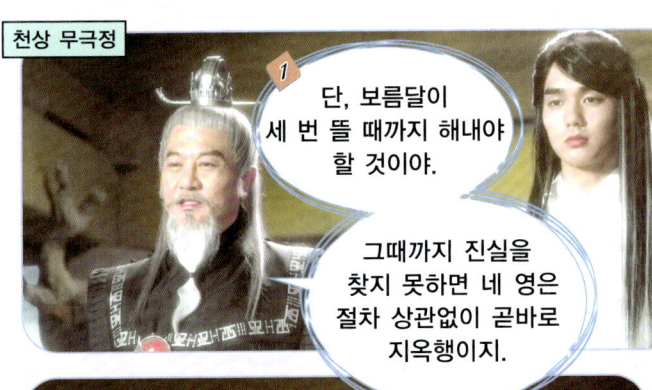

1. 단, 보름달이 세 번 뜰 때까지 해내야 할 것이야. 그때까지 진실을 찾지 못하면 네 영은 절차 상관없이 곧바로 지옥행이지.

2. 내가 그 진실을 제대로 찾았는지 아닌지 어떻게 알 수 있소?

3. 네가 진실을 찾으면 이 종을 울려 줄 것이다.

4. 장난해? 그게 뭐야?! 그 소리가 들리기나 해?!

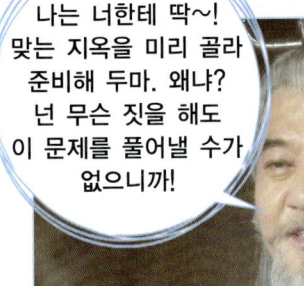

뎅~

5. 나는 너한테 딱~! 맞는 지옥을 미리 골라 준비해 두마. 왜냐? 넌 무슨 짓을 해도 이 문제를 풀어낼 수가 없으니까!

6. 그럼 해내면? 해내면 다~아 없던 걸로 하고 천상에서 살게 해 줄 거야?

7. 엉?

8. 그건 그때 가서 생각해 보지.

천상 무극정 : 天上无极亭

1. 只是，要在三个月之内完成。到那时如果还没有查清楚真相，你就要立刻下地狱了。
2. 你们怎么知道我是不是真的查清楚真相了？
3. 如果你找到了真相，钟声会响起。
4. 耍我呢？那是什么啊？那声音能听到吗？

뎅 : 钟声"当当"响的声音。

5. 我提前帮你选一下最适合你的地狱吧。为什么呢？因为你无论做什么也找不到答案！
6. 那如果我找到了呢？如果找到了，之前的是不是都可以一笔勾销，让我在天堂生活啊？
7. 嗯？
8. 那个到时候再考虑。

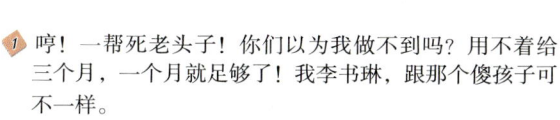

1. 哼！一帮死老头子！你们以为我做不到吗？用不着给三个月，一个月就足够了！我李书琳，跟那个傻孩子可不一样。

2. 我可不会那样傻傻地被人欺负！我会很快查明真相，让那个钟啊还是什么的响个够。这帮死老头子！

천상 무극정：天上无极亭

3. 说实话，那孩子的真相也没么重要啊。你是真的觉得这次你能赢吗？

4. 倒是值得一试。

5. 非闹着把她放回阳间，我还以为你是想出了什么了不起的法子呢。

6. 如果你赢了，你想要什么？

7. 你的……身子。

8. 什么？

① 좋아, 그럼 내가 이기면 그때 가서 말해 줄게, 꼭 들어준단 약속만 해 줘.

② 응. 그러지.

③ 근데 그 말은 해 줬어? 보름달이 세 번 뜨면 그 아이 몸도 사라질 거라고.

④ 응? 그대가 말해 주지 않았어?

⑤ 그 말을 왜 내가 해 주나? 허 참!

⑥ 난 그대가 말했는 줄 알았네. 이거 참…… 언제 또 만나 말을 해 주나아~?

최대감 집

⑦ 대감마님, 이방이 서찰을 보냈습니다요.

⑧ 이방이 뭐라 합니까요?

⑨ 사또 그자가 장례를 치르면 바로 돌아간다는군.

① 好吧，那如果我赢的话，到时候我再告诉你我要什么。你先答应我，到时候一定会接受。
② 嗯，好吧。
③ 另外，你跟她说了吗？过了三个月，她的身体会消失。
④ 啊？你没跟她说吗？
⑤ 这话为什么要我说呢？真是的！
⑥ 我以为你说了呢。哎呀，什么时候还能再见面跟她说啊？

최대감 집：崔大人家里
⑦ 大人，吏房那边送来了书信。
⑧ 说什么了？
흐흐흐：露出满意笑容的样子。
⑨ 说是使道那小子办完了葬礼就要回去呢。

① 역시 도저히 안되겠던 모양입니다요. 꽁지 빠지게 도망가는 꼴이 참으로 우습습니다요.

② 명색이 내 장례식인데 내가 빠질 순 없지. 왜?! 내 진실 찾기는 거기서부터 시작할 거니까! 사또가 오지 말랬지만 그렇다고 내가 얌전히 그 말을 듣고 있을 이유는 없잖아? 이 정도면 몰라볼 거야.

③ 빨리 가야겠다.

④ 아~ 나 참. 장지가 어딘지 안 물어봤네.

⑤ 지나가는 놈이 하나도 없네. 다 어디 가서 틀어박힌 거야?

퍅

투욱

확

!

반짝

① 看来他是实在顶不住了。这夹着尾巴逃跑的样子，真是可笑。
   클클클 : 笑得合不拢嘴的样子。

② 怎么说也是我的葬礼，可不能少了我啊。为什么？因为找真相要从那里开始啊！虽然使道说过不让我去，但是我也没有理由乖乖听他的话啊。打扮成这样，肯定不会有人认出我来。

③ 我得快点过去。

④ 哎呀，真是的。忘了问葬在哪里了。

⑤ 路上怎么一个人影都没有。都藏到哪里去了？

퍅 : 两人相撞发出的声音。

투욱 : 一把扶住（阿娘）的样子。

확 : 使劲拖拽的样子。

반짝 : 闪闪发光的样子。

157

1. 깜짝 놀랐네. 고맙소.
2. 아! 혹 이서림이 장지 가는 길이오? 어딘지 좀 가르쳐 주오.
3. 모르오? 할 수 없지.
……
!!!
탁탁

마을 뒷산

4. 진실을 찾겠다고 돌아왔단 말이지. 그래 잘됐어. 넌 네 진실을 찾아라. 난 네 진실 속에 들어 있을지도 모를 내 어머니를 찾겠다…… 허면, 내 여기서 이러고 있을 때가 아니지!

마을 뒷산：村庄后山

1. 吓我一跳。谢了。
2. 对了，请问你是去参加李书琳的葬礼吗？能告诉我在哪里吗？
3. 不知道吗？那算了。
탁탁：走路发出的声音。
4. 你回来查真相是吗？那也好。你查你的真相。我就找找或许藏在你那真相里的我娘……那么，我这会儿就不应该傻站在这里了。

① 분명히 장례만 치르면 간다 했지?

② 그랬네. 이제 다시 모~든 게 제자리로 돌아가네.

③ 아니 가면 어쩌지요? 원체 왔다리갔다리 하는 위인 아닙니까?

④ 거 입방정 좀 떨지 말게! 이번엔 꼭 갈 걸세. 확실히 그럴 분위기야.

다다다

?

⑤ 이놈아!

⑥ 아! 뭘 멍하니 농땡이 피고 서 있어? 빨리 가서 삽질하지 않고!

⑦ 나 삽질 안 할 거거든?! 누구더러 삽질을 하라 마라야!

⑧ 이……놈이!

저게……

⑨ 이놈이 더위를 쳐 먹었나~!

① 他确实说过办完葬礼就回去吧?
아이고 ~ 아씨 ~：哎哟，小姐！
② 是啊。一切都要回到原位了。
③ 不回去怎么办啊？本来他不就是一个变来变去的人吗？
④ 你可别多嘴了。这次肯定会走的。看着就是要走的样子。
다다다：飞跑时发出的声音。
슥：悄悄地跟在后面看的样子。

후두두：下葬填土发出的声音。
⑤ 你这臭小子！
⑥ 喂，你傻站在那干什么？还不快去填土！
⑦ 我可不去填土！你竟敢命令我去填土！
⑧ 这……小子！
저게：那家伙
⑨ 这小子是不是中暑把脑子烧坏了！

1. 什么啊？怎么那个表情啊？认出我了吗？什么啊？他是在向我走来吗？
2. 喂！臭小子！
3. 你怎么看起来有点面生啊。
  파악 : 使劲推开的样子。
4. 哎呀！
5. 那个假捕役！
  다다다다다 : 飞跑时发出的声音。
6. 哎呀，这家伙……
  후다다 : 迅速起身追赶的样子。
7. 嗯？哎呀！又去哪里啊？

1 喂！臭小子！站住！
2 哎呀！
3 这家伙，我就知道你会闯祸！这家伙！
   타앗：大步向前跑的样子。
4 差不多得了。还真是执着。有这心，怎么不早点去抓杀害李书琳的凶手啊！
   빼꼼：透过狭窄的缝隙或小孔偷窥的样子。
5 呃！（受惊吓）
   휙：迅速转过头去看的样子。
   부웅：从高处跳下的样子。

타앗：跳到屋顶上的样子。
팟：从高处跳下的样子。
흩어져：分头找！
두리번："두리번거리다"的词根，表示左顾右盼的样子。

안절부절 : 坐立不安的样子。
폴짝 : 向上跳的样子。
탁 : 脚着地时发出的声音。
1. 嗯?
2. 你!
3. 哎呀，吓死我了。是刚才那位公子啊。
4. 呃！（受惊吓）

획

턱억

툭

1. 등을 좀 내주시오.

!

2. 빨리 빨리! 이 은혜는 꼭 갚겠소.

번쩍

턱억

4. 그렇소. 보시다시피 나졸이오.

3. 자네, 관아 사람인가?

5. 나졸, 절대 나졸이오.

획 : 迅速转身的样子。
턱억 : 向上爬的样子。
툭 : 没爬上去，落在地上的样子。

1. 你后背借我踩一下吧。
2. 快点快点！我会报答你的！
   번쩍 : 一下子，迅速

3. 你是衙门的人吗？
4. 是啊。我是逻卒。
5. 绝对是。

싱긋:微笑的样子。

1. 喂!
2. 呃!（受惊吓）
3. 喂!

풀썩:迅速跳下去的样子。

4. 我们又见面了。

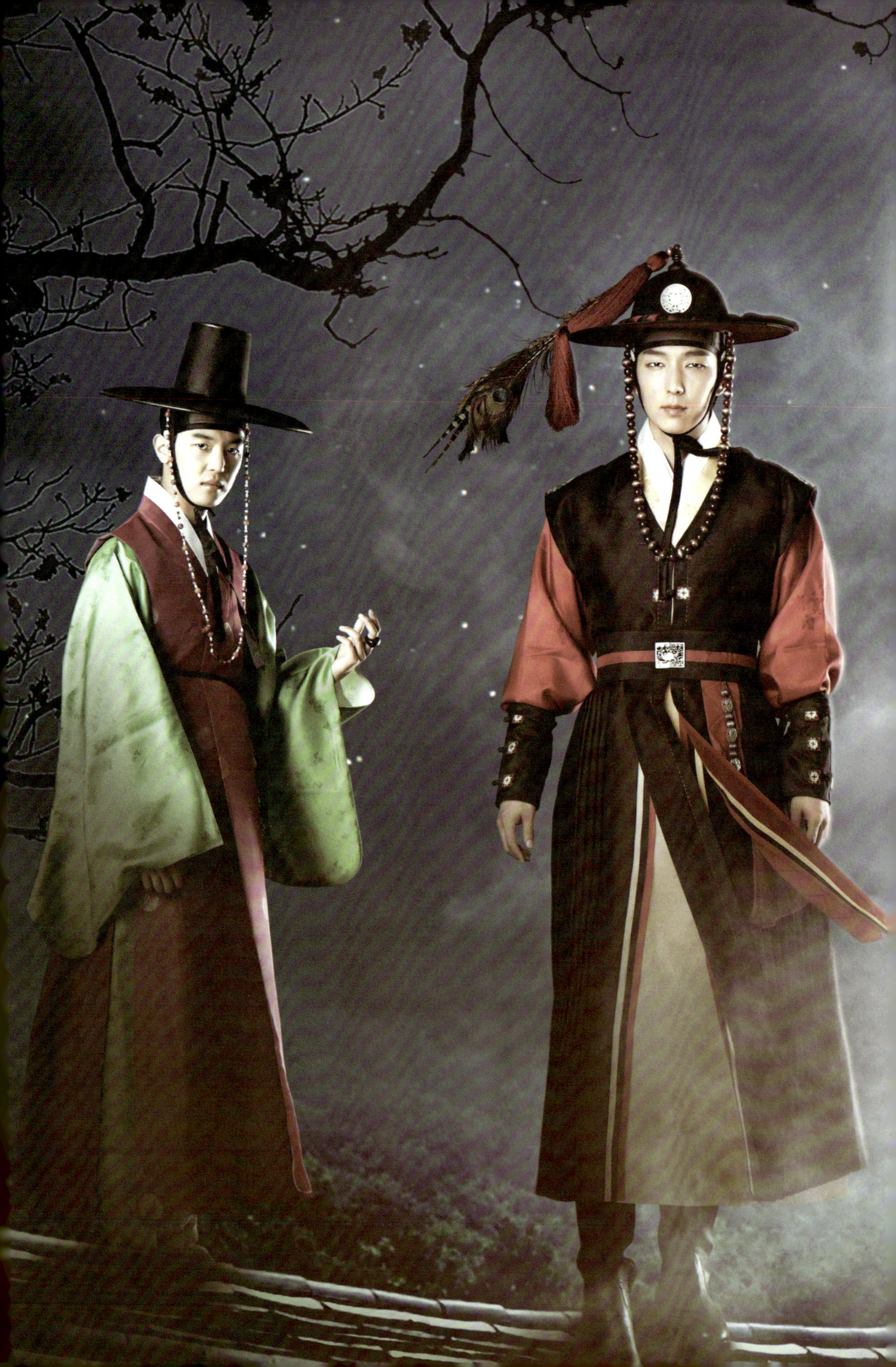

episode 3

죽음의 진실을 찾아서
寻找死亡真相

영이 맑은 아이 [1]

[2] 저 자식은 또 뭐야?

저자 거리

[3] 알아본 거 아냐?

멈칫

[5] 되련님!

[4] 아냐, 알아본 얼굴은 아녔어. 정말 모르나 보네. 지 정혼자 얼굴.

후다닥

[6] 장사를 치러 주기로 했음 끝까지 성의를 보여야지 이게 뭐하는 짓이요?!

[7] 나 관아에 먼저 갈 테니깐 뒷마무리 잘하고 와.

[8] 뭐, 뭐라고요?! 여기서 바로 떠난다면서요?

[9] 잠깐 일이 있어 그래.

[10] 그 여자 때문이죠!

[11] 응? 무슨 여자?

[12] 아까 그 여자요! 도련님! 참말 너무 합니다요.

[13] 어떻게 쇤네도 모르는 연분이 있습니까? 이 배신감을 어째야 할 지 모르겠습니다요!

---

[1] 灵魂纯净的孩子
  저자 거리 : 集市
[2] 那家伙又是从哪里冒出来的?
[3] 是不是认出来了?
  멈칫 : 突然停住。
[4] 不对, 他的表情不像是认出来了。看来是真记不住他未婚妻的长相啊。
[5] 少爷!
  후다닥 : 从远处跑来的声音。
[6] 既然说好要为别人办葬礼就应该负责到底啊, 您这是干什么呢?
[7] 我先去衙门了, 后面的事情就交给你了。
[8] 什么? 您说什么? 您不是说办完葬礼就回去吗?
[9] 我有点事情要处理。
[10] 是为了那个女人吧?
[11] 嗯? 什么女人?
[12] 就是刚刚那个女人啊! 少爷! 您真是太过分了。
[13] 您有了女人怎么连小的都不告诉? 您怎么能背叛我呢?

168

1. 哎呀……不……不是那样的，小子。
2. 怎么不是了？一看就是。您到底是在哪遇见她的啊？啊？啊？
3. 怎么不说话啊？啊？
4. 说完了吗？那就把后面的事情都处理好再回来吧。
5. 呃！（因气愤、委屈等一时语塞。）
반짝：闪闪发光的样子。

169

밀양 관아

1. 오시었소?
2. 너 정말! 오지 말라고 했잖아!
3. 예에~? 그게 무슨 소리옵니까? 소녀는 당최 알 길이 없습니다아.

깜빡 깜빡

4. 변복하고 왔잖아! 옷 어딨어?
5. 어머, 어머 왜 이러시어요?!
6. 어딨어? 여기 있어?

꺄악!

7. 소……속살.

따악!

밀양 관아 : 密阳衙门

1. 你来了?
2. 你真是的! 我不是不让你来吗?
3. 什么? 你在说什么呢? 小女子真的不知道。
   깜빡 : 眨眼的样子。
4. 你不是换了装来的吗? 衣服在哪呢?
5. 哎哟, 哎哟, 您这是干什么呢?
6. 在哪呢? 在这呢?
   꺄악 : 惊叫的声音。
7. 肌……肌肤。
   따악 : 打耳光的声音。

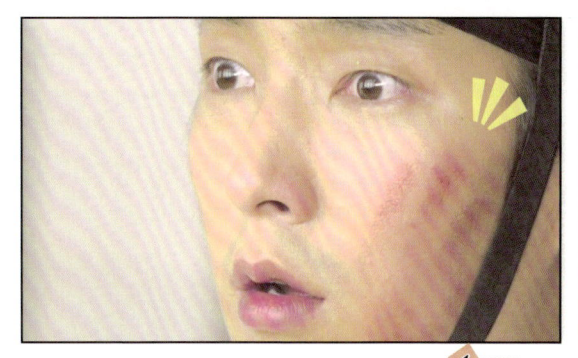

뜨아:（阿娘被自己的举动吓到）发愣的样子。
1. 미……미……안하오……

   对……对……对不起……

   얼얼：（被打得）脸上火辣辣的样子。
2. 뭐……뭐……나……나도 비슷해.

   那……那个……我……我也很抱歉。
3. 바……반가의 여인을 희롱하시다니……

   居……居然敢调戏良家妇女……
4. 시끄러워! 그보다 아까 하던 말이나 계속 해 보지.

   吵死了！先别说这个，接着说说刚刚没说完的。
5. 뭘 말입니까?

   什么啊？

1 你真是回来寻找死亡真相的吗?
2 当然了。
3 好吧。那你先把那个发簪给我。
4 发簪?什么发簪?哦!那个发簪吗?留在阴间了。
5 什么?
6 哎呀!喊什么啊?阴间的东西是带不回来的。要不然我也不至于光着身子……
7 也就是说,连发簪都没带,就你自己回来了?
8 干什么总找发簪啊?反正也不是真的。
9 我都变成人回来了,一个发簪也算不了什么啊。
10 对我来说,那个发簪比你这样的小鬼重要多了。
11 小鬼?都说几遍了,我已经变成人了!耳朵聋了?
12 光外表看起来像个人有什么用啊!你懂人的心吗?

① 我……我也知道。
② 知道？哦，你是知道。你说过心怦怦地跳是吧？
   靠那道听途说来的装装样子倒是可以的。
③ 你这混蛋！
④ 什么？
⑤ 哼，对！在你娘那里你也是个混蛋儿子吧？
⑥ 你那一张嘴就伤人的了不起的口才，当着你娘的面也发挥得很好吧？
   벌떡：突然起身的样子。
⑦ 你娘，不是失踪的，是因为不想见到你才离家出走的吧？
⑧ 闭嘴！
⑨ "狗嘴里吐不出象牙！"你那张嘴什么话说不出来啊！
⑩ 你！你！你算个什么东西……
   부들："부들거리다"的词根，表示身体发抖的样子。

① 너……
② 너! 너! 네까짓 게…… 감히……
③ 싫어! 안 가! 어머니! 어머니!
④ 아이고~ 도련님. 아버님이 기다리십니다요.
⑤ 안 가! 어머니랑 살래요!
⑥ 어머니!
⑦ 어머니!
⑧ 어머니!

버둥 버둥 버둥 버둥 버둥
후다닥
와락
투둑

① 你……
② 你！你！你算个什么东西……竟敢……
③ 不要！我不去！娘！娘！
④ 哎哟，少爷！老爷在等着呢。
　버둥："버둥거리다"的词根，表示拼命挣扎的样子。
⑤ 我不去！我要和娘在一起！
⑥ 娘！
　후다닥：用力扑向娘的样子。
⑦ 娘！
　와락：突然用力（抱住）的样子。
⑧ 娘！
　투둑：用力撕扯的样子。

174

1. 娘！
크흑：抽泣的样子。
부들：“부들거리다”的词根，表示身体发抖的样子。
흑：伤心哽咽的样子。

최대감 집

덜컥

다음 날, 사또 침소

드르륵 흠흠

킁~

최대감 집 : 崔大人家里
덜컥 : 打开箱子的声音。
다음 날, 사또 침소 : 第二天，使道的住所
드르륵 : 推开门的声音。
흠흠 : （为了引起阿娘的注意而发出）清嗓的声音。
킁 : "킁하다"的词根。表示两眼凹陷，看起来十分疲劳的样子。

① 헉! 꼴이 왜 그 모양이야?

② 사람이 되어 잠을 못 자니 또 이런 부작용이 있군요. 솔직히 지금 눈에 뵈는 게 없소. 꼬라지가 많이 갔소?

③ 왜 웃으시오?

④ 어제는 그리도 바득바득하더니.

⑤ 생각해 보니 소녀가 잠시 잠깐 채신머리를 잃었었소.

⑥ 알면 됐고.

⑦ 그렇다고 사또도 잘한 것은 없소.

⑧ 쌍방과실이니 미안하다고 툭 텁시다.

⑨ 난 미안하단 말 같은 거 안 해.

⑩ 그럼 그냥 서로 가슴에 묻읍시다.

……

---

① 喂！你怎么这德行啊？
② 变成人以后不好好睡觉，还有这样的副作用啊。说实话，我现在什么都不想干。我是不是看起来很丑？
풋：忍不住笑出声的样子。
③ 笑什么？
④ 昨天还那么凶巴巴的。
⑤ 想了一下，是小女子暂时忘记了自己的处境。
⑥ 你知道就好。
⑦ 不过你也不见得都对。
⑧ 我们俩都有错，所以互相道个歉就算过去了吧。
⑨ 我可不会说什么"对不起"之类的。
⑩ 那就都藏在心里吧。

177

① 那是我娘的发簪。
② 什么？
③ 你之前戴着的那个发簪，那是我送给娘的。
④ 真……的吗？可是，怎么会在我身上的呢？
⑤ 那也是我想问你的。
⑥ 完全……想不起来。
⑦ 当然了。你不是患失忆症了嘛。
⑧ 有可能是在哪里偶然捡到的。
⑨ 也没准是我娘送给你的，又或者是你抢的。不管怎么样，答案肯定在你的记忆里啊。
⑩ 所以呢？
⑪ 现在看来能找到我娘的唯一线索就是你。

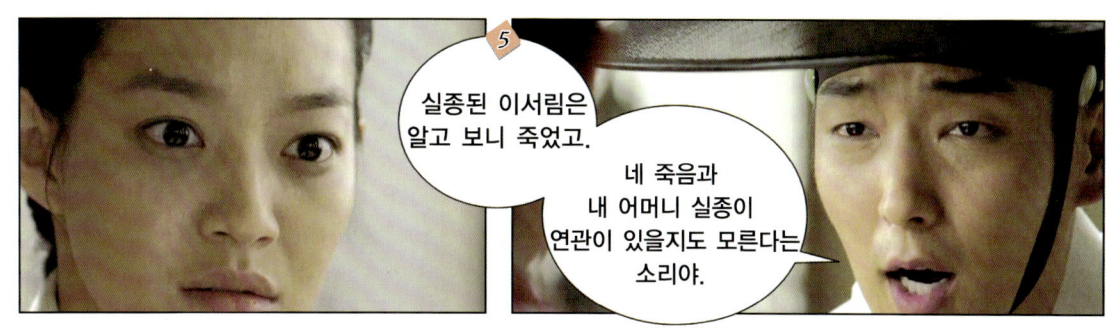

① 所以呢？想让我帮你啊？
② 不是，我的意思是我们联合起来。
③ 联合起来？找到你娘，就能查出我死亡的真相吗？
④ 你想想啊。三年前这个时候，我娘在密阳失去了踪迹。李书琳失踪也是在三年前这个时候。而且李书琳拿着我娘的发簪。
⑤ 原本认为失踪的李书琳其实已经死了。也就是说或许你的死亡和我娘的失踪有关系。
⑥ 我明白你的意思！
⑦ 所以说我们要联合起来，一起寻找你死亡的真相，同时也找找我娘。

1. 시간, 얼마나 줘?

2. 몰라!
벌떡
휙

3. 근데……날 도와줬던 건 순전히 그 때문이었소?

4. ……응. 내가 말했잖아. 간이 배 밖으로 나온 건 맞지만 인정 많은 사람은 아니라고. 앞으로 어디에 가서라도 사람 볼 줄 안다는 소린 하지 마라.

휙

……

5. 이전처럼 최대감 마님 명만 잘 받들면 관아는 다시 우리 세상일세.

6. 고생들 많았네!

털래 털래

① 给多长时间啊?
② 不知道!
　벌떡:突然起身的样子。
　휙:迅速转身的样子。
③ 那你之前帮我纯粹就是为了找你娘吗?
④ 嗯……我不是说过嘛。我胆大是真的，但并不是有人情味的人。以后不管走到哪，也别说自己会看人了。
　휙:迅速转身离开的样子。
⑤ 跟以前一样，只要乖乖地听崔大人的话，衙门又会是我们的。
⑥ 大家都辛苦了!
　털래:甩手大步走的样子。

1. 嗯？那姑娘是谁啊？
2. 喂！姑娘！喂！
3. 我吗？
4. 你是谁啊？怎么在衙门里这样随随便便走来走去的？
5. 我是阿娘。
6. 谁允许你在这转悠了？
7. 使道。

흠칫：(吓得)一哆嗦的样子。
8. 哼！
획：迅速转身离开的样子。
9. 那个，是不是昨天那家伙啊？
10. 不回去了？
11. 事情有点变化。

1. 왜요?
2. 할 일이 생겼어.
3. 무슨 일이요?
4. 그럴 일이 있어.
5. 그럴 일 무슨 일이요? 쇤네는 이제 그만 집에 가고 싶은데요?
6. 조금만 더 참아.
7. 언제까지요?
8. 거기까지만 해라아~
9. 그 여자! 다 그 여자 때문이죠?! 어떻게 저보다…… 그 여자가 더 중헙니까요? 어……어떻게요?!
10. 저……저게 다 무슨 소립니까?
11. 이……일단 가 보세……

멍~

1. 为什么？
2. 有事情要办。
3. 什么事情？
4. 有事就是有事。
5. 那是什么事？小的想回家呢。
6. 再忍忍吧。
7. 忍到什么时候？
8. 别再问了！
9. 那个女人！都是因为那个女人吧？她怎么能比我……她怎么能比我更重要呢？怎……怎么会呢？
10. 这……他们说的都是什么啊？
11. 我们先……先走吧……

멍：" 멍하다" 的词根，表示发呆的样子。

관아 툇마루

1. 그러니 내 당분간 이 고을의 사또직을 수행하겠네.

2. 아, 그리고 내 데려온 아이도 하나 같이 지낼 것이네.

3. 데……데려온 아이라면……

4. 아……아까 그 계집인가 봄세……

5. 내 사부의 딸일세.

6. 그리 알고 가보게들.

7. 사……부요? 얼마전 계룡산에서 만났던 그 돌팔이 도사요?

8. 돌팔이 아니라니까.

9. 근본도 모르는 그 돌팔이 땜에 거기서 일 년이나 머무르셨죠?

10. 무예를 익혔잖니. 속성으로.

관아 툇마루：衙门檐廊
헉 : 因出乎意料感到吃惊的样子。
획 : 迅速转过头去看的样子。

1. 我要继续在这里做一阵使道。
2. 对了，还有一个我带来的孩子也要在这。
3. 您带……带来的孩子……
   쭈뼛 : 感到害怕或受惊吓的样子。
4. 刚……刚才看到的那个姑娘吧……
5. 是我师父的女儿。
6. 听明白了就退下吧。
7. 师……师父？是之前在鸡龙山见过的那个江湖骗子吗？
8. 都说不是江湖骗子了。
9. 就因为那个不知根底的江湖骗子，在那里耽搁了一年的时间吧？
10. 那不是还学习武艺了吗？还是速成的。

183

1. 我四处找您，走路走得把脚都磨破了。
2. 那时候受伤的膝盖到现在都一到阴雨天就酸痛，这您是知道的吧？
3. 知道，你辛苦了。
4. 一想到那个江湖骗子，我都能气得从睡梦中跳起来。居然是他的女儿？
   빠락：勃然大怒的样子。
5. 哼！真是没想到那该死的江湖骗子居然能折磨我一辈子！少爷您看着办吧！
6. 石铁！你这家伙！
   쿵쿵쿵：气汹汹地离开的样子。
   최대감 집：崔大人家里
   덜덜：吓得哆嗦的样子。
7. 你们这些废物，都怪我信了你们说的话，对那件事掉以轻心。

1
넌 지금 당장 김해로 가서 그놈에 대해 알아 와! 여긴 왜 온 것인지 속셈이 뭔지 샅샅이 알아 와! 당장!

2
예!

저자 거리

3
구시렁 구시렁

어떻게 나한테 이럴 수 있어?! 내가 저한테 어떻게 했는데!

그깟 계집 땜에 15년 된 쪽박을 한 번에 깨!?

4
장군님이 손님을 보내셨구나.

훗

5
슬그머니

자네, 오랜 지기에게 버림받았구먼.

6
어……어떻게 알았나?

7
걱정 말게! 그잔 오래 못 살거네. 오지랖 부리다 곧 저 세상 갈 것이니 다신 오지 못하지!

8
이놈의 여편네! 누가 죽어?

덥썩

9
우리 되련님이? 이 돌팔이 여편네!

10
현재로선 어머니를 찾을 수 있는 유일한 단서는 너다. 네 죽음과 내 어머니 실종이 연관이 있을지도 모른다는 소릴 하고 있는 거야.

11
그러니 우리 둘이 힘을 합쳐서 네 진실도 찾고 우리 어머니도 찾자고.

12
그래, 어차피 나도 내 죽음의 진실을 찾아야 하니까.

---

① 你现在马上去金海打探一下有关他的情况。为什么来这里，到底想干什么，都给我查清楚！马上！

② 是！
저자 거리：集市
구시렁："구시렁거리다"的词根，表示喋喋不休的样子。

③ 怎么能这样对我？我平常怎么对他的！为了那么一个姑娘，就把我们15年的交情给毁了！

④ 将军给我送来了客人啊。
훗：转过身向后看的样子。
슬그머니：偷偷地，悄悄地

⑤ 你是被多年的至交抛弃了吧。

⑥ 你怎……怎么知道的？

⑦ 别担心！他活不了多久的。乱管闲事，用不了多久会去阴间报到，再也回不来了。

⑧ 你这臭婆娘！你说谁会死？
덥썩：猛地抓住的样子。

⑨ 我们少爷吗？你这该死的半吊子巫婆！

⑩ 现在看来能找到我娘的唯一线索就是你。也就是说，或许你的死跟我娘的失踪有关呢。

⑪ 所以说我们要联合起来，一起寻找你死亡的真相，同时也找我娘。

⑫ 也好，反正我也要找到我死亡的真相。

죽어도 죽지 않는……[1]

[관아 앞마당]

[2] 사또!

[3] 좋아. 그렇게 하자고!

[4] 그럴 줄 알았어. 그럼 우리 정식으로 도원결의 하는 거다.

[5] 무슨 결의를 또 해?

[6] 야! 당장 치우지 못해?!

[7] 도원결의 하자니까아~

[8] 복숭아나무가 없으니 일단 급한대로 복숭아라도 나눠 먹자고.

[9] 왜 이러는 거야?!

[10] 사람이라며. 먹어 봐. 달아.

! ……

스으

우와

[11] 진짜다! 진짜야! 나 진짜 사람 됐다!

---

[1] 死了也不会真死的……
　　관아 앞마당 : 衙门前院
[2] 使道!
[3] 行，就按你说的办吧。
[4] 就知道你会同意。那我们就正式桃园结义吧。
[5] 怎么又结义啊？
[6] 喂！还不赶紧拿走？
슥 : 伸手递过去的样子。
[7] 都说了要桃园结义了。
[8] 没有桃树，就先分桃子吃好了。
[9] 干什么啊？
[10] 不是说已经变成人了吗？尝尝吧，很甜的。
스으 : 轻轻伸手去抓的样子。
우와 : 哇！（惊叹）
[11] 真的！真的啊！我真的变成人了！

1. 是啊，连你自己都不相信自己，我又怎么相信你呢。
   쩝：咀嚼食物时的声音。
2. 哇！好吃！
   하하：大笑的声音。
3. 使道你什么时候开始变成奶嘴男（Mama's boy，永远长不大的男孩）的？
4. 什么？
5. 你娘在身边的时候，你就是个奶嘴男吗？
6. 不是，因为你总是在找妈妈，所以有时看你就像个还没断奶的孩子。
7. 喂！
   버럭：勃然大怒的样子。
   획：迅速转身离开的样子。
8. 哎，桃可真好吃。好甜，好甜！
   털래：甩手大步走的样子。
   말을 막해. 막해도 너~무 막해：乱说话。真是太过分了。

홍련 집

1. 준비가 되었니?
2. 예.
3. 이번 아이는…… 왠지 기대가 크구나.

서성

4. 엄마 안 잃어버렸을 때도 그렇게 모모동자였소?
5. 어머니~
6. 서당 형들이 종의 자식이라고 때렸어요.

엉엉

7. 오늘이 네 외할아버지, 외할머니, 세 외삼촌들 네 외사촌 형들…… 제삿날이다.
8. 제삿날이야. 전부 한 날에 다 죽었어! 나만 남기고 다……

홍련 집：红莲的家

1. 准备好了吗？
2. 准备好了。
3. 不知为什么，这次这个孩子，很让我期待啊。

서성："서성거리다"的词根，表示来回踱步的样子。

4. 你娘在身边的时候，你就是个奶嘴男吗？
5. 娘！
6. 学堂里的同学们说我是奴婢的孩子，都打我。

엉엉：哇哇大哭的声音。

7. 今天是你外祖父、外祖母、三个舅舅，还有你那些表兄的祭日。
8. 是祭日。全都在同一天死的！只留下我一个，全部……

1 娘……娘。
2 因为那……那混蛋。都同一天死的。那混蛋！就因为那混蛋！
3 我绝对不会原谅他。我要报仇！我要把他碎尸万段！碎尸万段！
4 碎尸万段！
5 娘……
6 啊！
털썩：瘫倒在地的样子。
7 娘！您醒醒！
크흑：抽泣的样子。
파앗：从高处往下跳的样子。
팟：着地时发出的声音。
탁탁：快速跑开的样子。

189

이서림 방

복숭아……
달다.

이서림 방 : 李书琳的房间
살금 : 悄悄地
스르르 : 轻轻地靠近的样子。

1. 桃子真甜……
멈칫 : 突然停住。
푹 : (拿刀)使劲往身上刺的样子。
컥 : 啊!

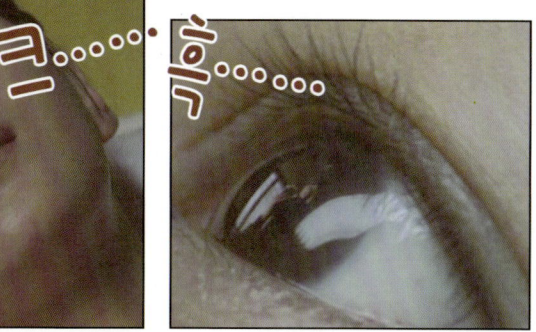

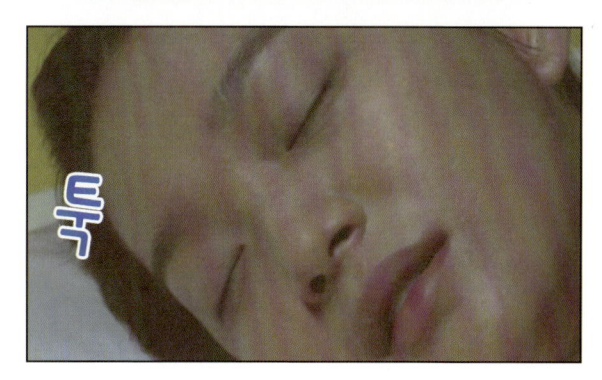

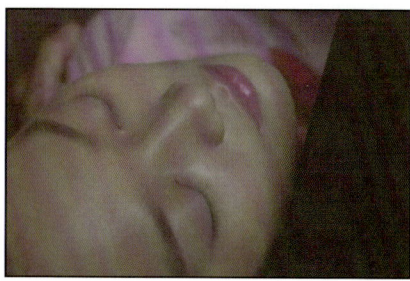

크……흑……: 呻吟的声音。
툭: 头突然垂下来的样子。
팍: (往脖颈处) 贴的样子。
스르르: 发光的样子。
천상 무극정: 天上无极亭
띠링: 拨弦发出的声音。

1. 嗯? 怎么走音了呢?
2. 终于, 开始了。
3. 我掺和这事儿, 真不知道是对是错。

191

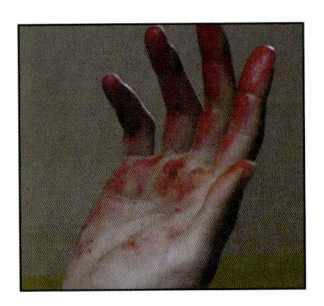

① 뭐야? 이거, 오밤중에 어디 간 거야? 아직도 자기가 귀신인 줄 아는 거야?

덜컥 : 开门进屋的声音。
① 什么啊？这家伙，大半夜跑哪里去了？难道现在还把自己当成鬼吗？
슥 : 掀开被子的样子。
파앗 : 迅速起身的样子。
다다다다 : 飞跑时发出的声音。

기억실조증!

① 失忆症！
다각 다각：骑马的声音。
탁：一把抱起（阿娘）的样子。
서낭당：城隍庙
툭：放到地上的样子。
스윽：轻轻取下来的样子。

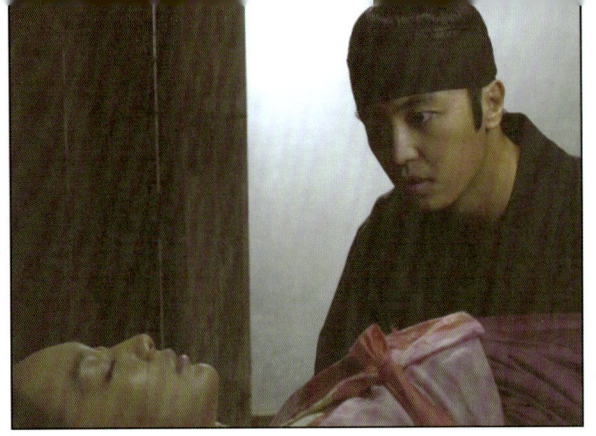

1 从今天起，你的名字叫崔朱曰。
2 每逢闰月十五，只要带一个拥有纯净灵魂的孩子来就可以了。
3 那要怎么判断灵魂是不是纯净啊？
4 不用担心。这枚戒指会告诉你。
5 带来了吗？
6 是的。
7 闰月十五，真是时隔好久。我等了好久啊。

1 灵魂封好了吗?
2 是的。
3 这次这个孩子,我特别想快点见到她。她拥有刚出生的婴儿一般的灵魂是吗?
4 是的。
헉 : 大声喘粗气的样子。
다다다다 : 飞跑时发出的声音。
5 这……是怎么……回事?

1. 부……분명히 시……시신을 저……저기 뒀는데……
2. 어디로 사라진 것이냐? 어디로!
3. 야! 기억실조증!
4. 사……사또?
5. 그래! 나야! 정신 차려!
6. 대체 무슨 일이야!?
7. 자……자는데 누……누가 칼로 찔렀어.
8. 찔러? 누가?

1. 明明……把尸……尸体放在那……那里的……
2. 到底去哪了？哪儿！
   절둑：一瘸一拐的样子。
   팍：使劲捂住胸口的样子。
3. 喂！失忆症！
   읍：（被捂住了嘴）使劲挣扎的样子。
4. 使……使道？
5. 对！是我！你醒醒！
6. 到底发生什么事了？
7. 我睡……睡觉的时候，有……有人用刀刺我。
   덜덜덜：身体哆嗦的样子。
8. 刺你？谁啊？

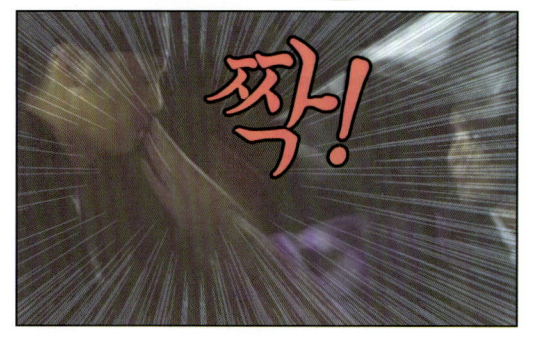

1. 好像已经死……死了……
2. 什么?
3. 扔到那山的某个地方……
   헉 : 喘粗气的样子。
4. 说什么呢?
5. 我逃……逃跑了……
   풀썩 : 昏迷过去，失去知觉的样子。
   짝 : 打耳光的声音。
6. 没用的东西。你就别再给自己找借口了。
7. 不是借……借口。我明明把尸体放在那里了……
8. 我不想知道你在那放了什么。我要的魂在哪里？今天我必须拿到，到底在哪里？
9. 我再……再也不会犯这种错误了……
10. 再也不会？什么时候能再有那个机会？等到下个闰月吗？

① 내, 너를 데려올 때 무어라 했니? 영 맑은 계집의 혼만 가져다주면 세상 부러울 것 없는 자로, 네가 그토록 원하던 사람답게, 살 수 있도록 해 주겠다 했다.

② 윤달 보름에 한 번이면 족하다 하지 않았니?

③ 예……

④ 더러운 손으로 쇠죽이나 퍼 먹으며 연명하던 골비단지!

⑤ 그 골비단지로 돌아가고 싶은 것이니?

!

⑥ 쓸모없는 놈.

허겁지겁 음머
후룩
후룩

⑦ 골비단지~ 골비단지~

후룩
깔깔깔 헤헤헤

허겁지겁
쩝
우걱

⑧ 쟤 이름이 진짜 골비단지야?

⑨ 쟨 이름 없어. 골골하니까 그냥 그렇게 불러.

① 我收你的时候怎么说的？只要你能给我送来女孩纯净的灵魂，我会让你过上人人羡慕的，你所梦想的那种生活。

② 不是说只要每个闰月送一次就够了吗？

③ 是的……

④ 用那脏兮兮的手抓牛食吃，勉强活命的病秧子！

⑤ 你想回到那个时候吗？

⑥ 你这个没用的东西。
  허겁지겁：慌张的样子。
  후룩："후루룩"的略语，表示急匆匆吃面条或喝水时发出的"呼噜呼噜"的声音。
  음머：牛叫声。

⑦ 病秧子！病秧子！
  쩝：咀嚼食物的声音。
  우걱：狼吞虎咽的样子。

⑧ 他的名字就叫病秧子吗？
  깔깔깔：哈哈大笑的样子。
  헤헤헤：咧嘴笑的样子。

⑨ 他没有名字。因为整天病快快的，所以大家那样叫他。

관아, 사또 침소

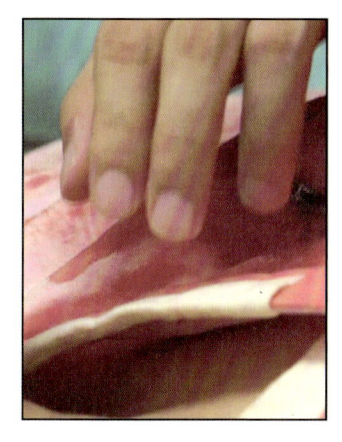

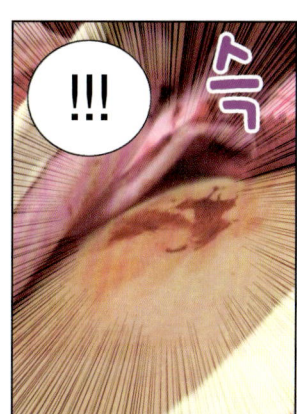

ZZZ……

스윽

!!!
스

너……
뭐냐……?

관아, 사또 침소：衙门，使道的住所
스윽：悄悄靠近的样子。
슥：轻轻掀开衣服的样子。
1. 你……这是什么？

199

저자 거리

1. 밤새 여기서 잤나벼~
2. 아~ 아~ 죽겠네. 어우~ 속아파.
3. 망할 놈의 돌팔이 여편네. 다시 만나기만 해 봐라!
4. 헉!
5. 어라?!
6. 어라?! 어떻게 여기서 딱 만날까?
7. 왜……왜 이러시오?
8. 아이고오~! 이걸 어째!
9. 에이씨! 뭐여?!

저자 거리：集市
끄응：睡觉时呻吟的样子。

1. 是不是在这过夜了啊。
2. 哎哟，难受死了。哎哟，胃好疼啊。
3. 这该死的半吊子巫婆。再让我碰见一次试试！
4. 呃！（受惊吓）
5. 哼！
6. 哈，居然在这里遇见你，怎么这么巧啊？
7. 干……干什么啊？
좌악：泼水的声音。
8. 哎哟，这可怎么办啊！
9. 哼！干什么啊！
꿀꺽：吞下液体或食物的样子。

관아 툇마루

1. 옛날 다모계집이 있을 때 입던 옷입니다요.
2. 침모 할멈도 떠나고……
3. 저기 저 산 말야, 어떤 산이야?
4. 저건 버린 산입뎁쇼?
5. 버려? 왜?
6. 언제부턴가 귀신 들린 산이란 소문이 짜해서 발길 끊긴 지 오랩니다요.
7. 예에, 오죽했음 묘자리도 안 쓰는 걸요.
8. 그러니까 그것이 언제부터……
9. 그런 소문이 났냐하면…… 아~주 오래~~된……
10. 얘기입죠. 얼마나……
11. 저, 저놈 시키가 또……
12. 확 묻어 버릴까부다.
13. 응?

관아 툇마루 : 衙门檐廊
1. 这是当年茶母还在的时候穿过的衣服。
2. 做针线活的老婆子也走了……
3. 那边那座山，是什么山？
4. 那是座荒山。
5. 荒山？怎么回事？
6. 从什么时候开始谣传山里闹鬼，所以人们已经很久不去那边了。
7. 是的，所以连庄稼都不种了。
8. 这事儿传了多久呢……
9. 就是很久……
10. ……之前的事情了。有多久呢……
획 : 迅速转身离开的样子。
11. 这，这臭小子又……
12. 我们干脆把他埋了吧？
13. 啊？

1. 왜……왜…… 저 돌팔이 딸래미가 이 방에……자……자…… 같이 잤소?

2. 응.

3. 되련님! 이제 막나가기로 작정을 한 거요? 자꾸 왜 비뚤어지는데?!

4. 돌쇠, 나 좀 따라와라.

5. 응?

6. 와~ 이 음기 봐!

7. 아~ 이런 데 뭐가 있다고오~?

8. 눈 크게 뜨고 잘 찾아봐.

9. 아! 그러니깐 뭘 찾으라고?

1 为……为什么……她会在这个房间里……睡……睡觉……一起睡觉了吗？

2 是啊。
꺼억：（因答案出乎意料而）一时语塞的样子。

3 少爷，您这是要彻底堕落了吗？为什么总走歪路呢？

4 石铁，你跟我来。

5 啊？

6 哇，看看这阴气！

7 哎呀，这样的地方能有什么东西啊！

8 睁大眼睛好好找找。

9 哎呀！到底让我找什么啊？

1. 수상한 곳.
2. 그나저나 그 처자하곤 어떻게 할 거요?
3. 끝까지 같이 가야지.
4. 끝 뭐? 끝이 뭔데? 뭐 어쩌자는 건데? 뭐?
5. 혼인이라도 할라나? 건 안 되는 거 알죠?
6. 근본 없는 돌팔이 딸래미를 대감마님이 며느리로 맞겠소? 첩이라면 몰라도.
부릅
7. 저게 뭐요?
!
8. 수상한 거…… 저거 찾았소?
9. 저게 뭐요? 사람 사는 데요? 귀신 사는 데요?
10. 저긴 왜? 뭐하려고?
11. 입 좀 다물어!
둥~

6. 一个江湖骗子的女儿，老爷怎么可能接受那样的儿媳啊？纳为妾没准还有可能。
   부릅：瞪大眼睛的样子。
7. 那是什么？
8. 奇怪的……是在找那个吗？
9. 那是什么地方？是住人的？还是住鬼的啊？
10. 为什么要去那里？您要做什么啊？
11. 闭上你的嘴吧。
   둥：阴森森的样子。

1. 奇怪的地方。
2. 话说回来，那姑娘您打算怎么办啊？
3. 一起走到最后啊。
4. 什么最后？最后是什么？您想要怎么样啊？什么啊？
5. 难道要成亲吗？您知道那是不可以的吧？

203

1. 어……엄청 흉흉합니다요. 가…가십시다요.
2. 이상해…… 귀신이 없어.
이리 음기가 강한데.
서낭당
3. 되련님이야 귀신을 안 믿으니까~
4. 찾아봐. 수상쩍은 건 모조리.
5. 쉰네는 여기 한시도 있기 싫소.
6. 나가 있겠소.
두리번
7. 피……
8. 아무리 생각해도 이상한 일이야.
9. 관아에 강도가 들 리도 없고, 그새 그 녀석이 원한 살 법한 일은 더더욱 없을 텐데……
10. 근데 왜 하필 그 녀석이냐 말이야. 설마……정체를 알고 있는 놈일까? 말도 안 되지.
11. 허긴 그 녀석이 사람으로 되살아 돌아온 것 자체가 말이 안 되는 일이긴 하지.

1. 太……太恐怖了。我们走……走吧。
2. 奇怪……没有鬼。阴气这么重。
   서낭당：城隍庙
3. 少爷您是不相信鬼……
   두리번："두리번거리다"的词根，表示左顾右盼的样子。
4. 找找看。所有奇怪的东西。
5. 小的可是一刻也不想待在这里了。
6. 我出去等着了。
7. 血……
8. 这件事怎么想都奇怪。
9. 衙门里不可能进盗贼，那家伙也不可能这么短的时间就出去跟人结怨……
10. 那为什么偏偏是她呢。难道……是有人知道了她的身份吗？不可能啊。
11. 不过，那家伙变成人回来也确实是件不可思议的事。

대체 이 말도 안 되는 일들이 왜 자꾸 내 주변에서 일어나느냐는 말이다!

!

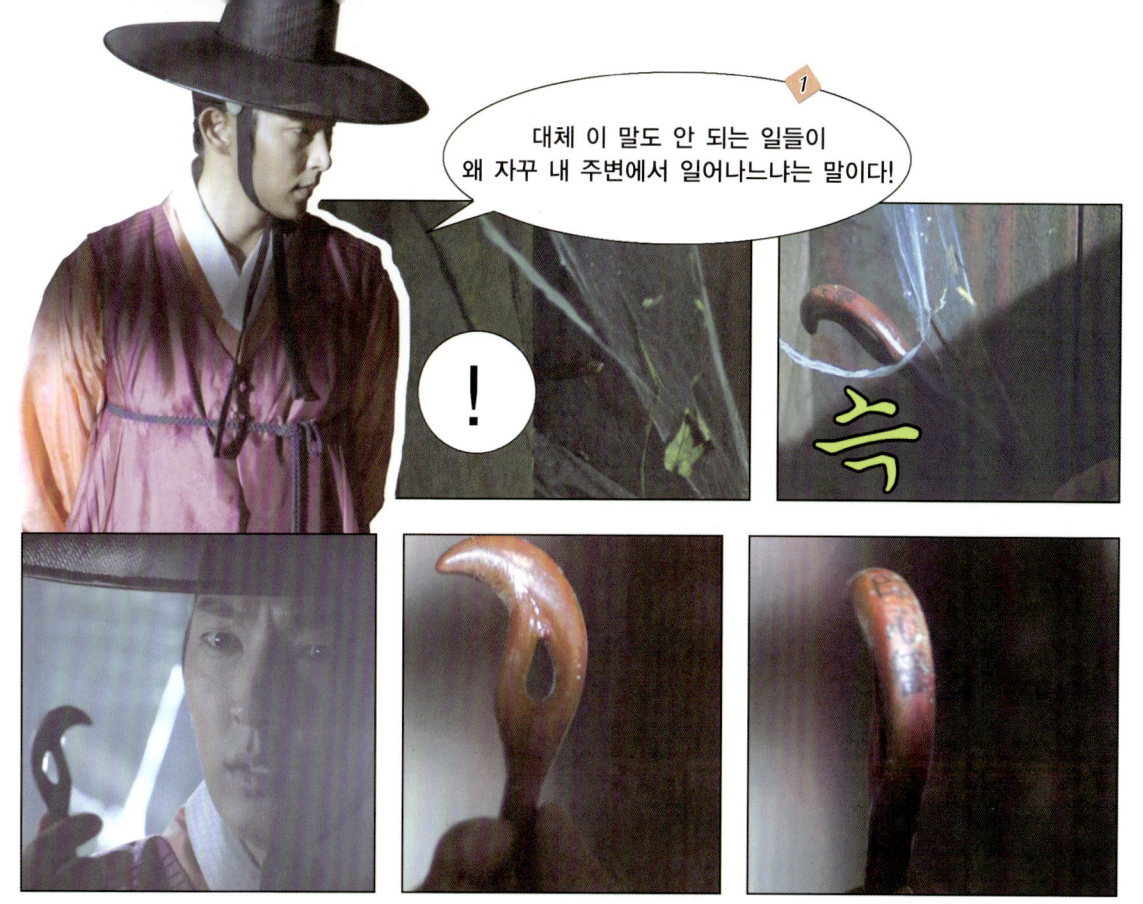

슥

왜 이게 이런 데에……

1 这么多不可思议的事情到底为什么总是发生在我身边啊!
　슥 : 轻轻取出来的样子。

2 这东西为什么会在这里……

205

드러난 골묘 ①

최대감 집

② 전전긍긍하는 꼴이 꼭 뭐 마려운 강아지구나. 일이 틀어진 모양이지?

내 진즉 말하지 않던? 그런 계집이 화수분 마냥 무한정 퍼올려지겠느냐고? 네놈이라고 별 수 있겠느냐?

③ 부인이 제때 혼을 취하지 못하셨으니 시장하시겠구나. 어떠냐? 역정이 심하시지? 다음 년 윤달까지 기다리시려니 오죽하시겠어?

⑤ 배고픈 부인이 사냥감을 못 바친 사냥꾼을 어찌하는지 아느냐?

④ 내 뭐 하나 일러주련? 내 이래 봬도 네 길을 앞서 갔던 선배 아니냐?

껄껄껄껄

⑥ 간단하더라. 사냥꾼을 바꿔 버리지.

찡잉 크윽

---

① 发现骨墓
   최대감 집：崔大人家里

② 你那战战兢兢的样子，真像一只尿急的小狗。看来事情进展得不顺利啊。我不是早就跟你说过吗？那样的姑娘怎么可能源源不断地出现啊？你又能有什么办法？

③ 没按时为夫人送去纯净的灵魂，她一定很饿吧。怎么样？她脾气很暴躁吧？还要等到来年的闰月，多辛苦啊！

④ 我告诉你一件事啊？怎么说，我不也算是你的前辈吗？

⑤ 知道夫人饿了会怎么对待没打到猎物的猎人吗？

⑥ 很简单。就是换掉猎人。

껄껄：哈哈大笑的样子。
찡잉：突然感觉头疼的样子。
크윽：（因头疼）发出的呻吟声。

1. 这个怎么会……
2. 少爷!
   깜짝:突然受惊吓的样子。
3. 看那边。那是什么啊?
   서낭당 뒷터:城隍庙后山
4. 我撒尿的时候觉得地上奇怪,所以挖了一下,结果出来那东西。

끄응

1. 수지가 현을 희롱하는 솜씨를 보니 어째, 감을 익힌 모양이군.

딩가

2. 시작이 좋아.

딩가

딩가

3. 속단은 일러. 난 아직도 한낱 인간일 뿐인 것들이 그 큰일을 해낼 수 있으리라 생각하지 않아.

딩가 딩가

디리링

4. 허니 그대는 그 몸을 소중히 가꾸어 놓도록 해.

싱긋

천상 무극정

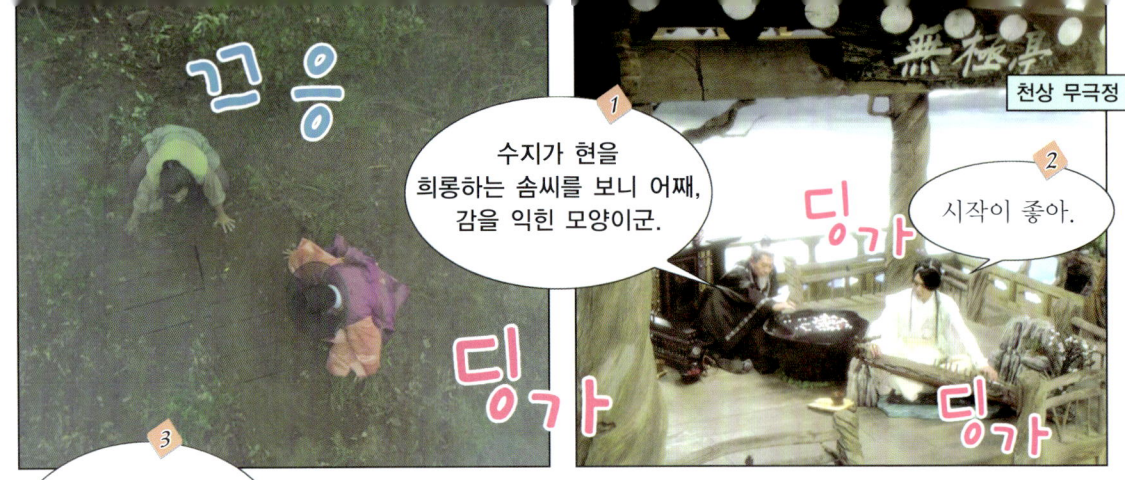

끄응

툭

끙

으~

투툭

투툭

천상 무극정 : 天上无极亭
끄응 : 使劲的样子。
딩가 : 弹奏乐器的声音。
1. 看你的手指拨动琴弦的样子，好像找到感觉了啊。
2. 头开得不错。
3. 现在下结论为时过早啊。我还是不信，区区人类能做出那么了不起的事情。

디리링 : 弹奏乐器的声音。
4. 所以你要好好保养你的身体。
싱긋 : 微笑的样子。
툭 : 抓住木板的样子。
끙 : 使劲的样子。
으 : 使劲用力时发出的声音。
투툭 : 抬起木板时发出的声音。
투툭 : 抬起木板时发出的声音。

번뜩: 猛地睁开眼睛的样子。
1. 我得叫巫灵过来了。
   뚝: (弹奏乐器) 突然停下来的样子。
2. 那些石子是什么啊？神经兮兮的巫婆也挺多的。
3. 那边，那是什么？
4. 什么？
5. 那是什么啊？

1 不是人……人的骨头吗?
화들짝：吓一跳的样子。
휘익：迅速跳下去的样子。

2 少爷!
3 干什么呢!
4 少……爷!
팍：翻石子时发出的声音。

뒤적：“뒤적거리다”的词根，表示翻找的样子。
5 不是。不会是我娘。
6 喂! 快点上来啊!
7 快上来啊!
8 什么啊? 难道不止一个?

뒤적 뒤적 뒤적 뒤적

돌쇠야!

홍련 집

벌컥

지금 당장 그곳에 좀 가 보거라.

예……? 무슨 일로……

당장!

전부 한 곳에 모아 놔 그거 밟지마! 조심조심……
수레 더 없어?

이게 대체……

① 石铁!
홍련 집：红莲的家
벌컥：猛地一下，突然推门出来的样子。

② 你现在快去那边看看。
③ 啊？什么事情？
④ 马上！

전부 한 곳에 모아 놔：全部放在一起。
조심：小心
그거 밟지마：不要踩那个。
수레 더 없어：还有车吗？

⑤ 这到底是（怎么回事）……

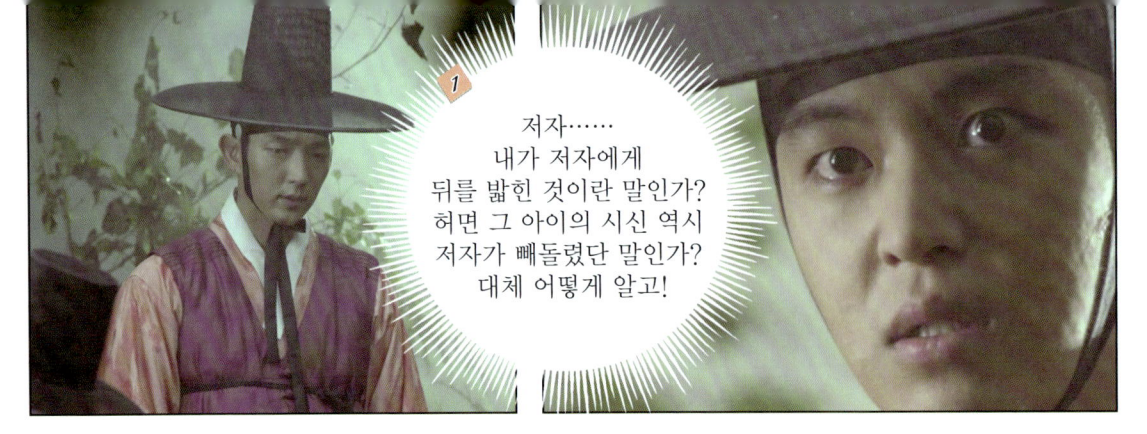

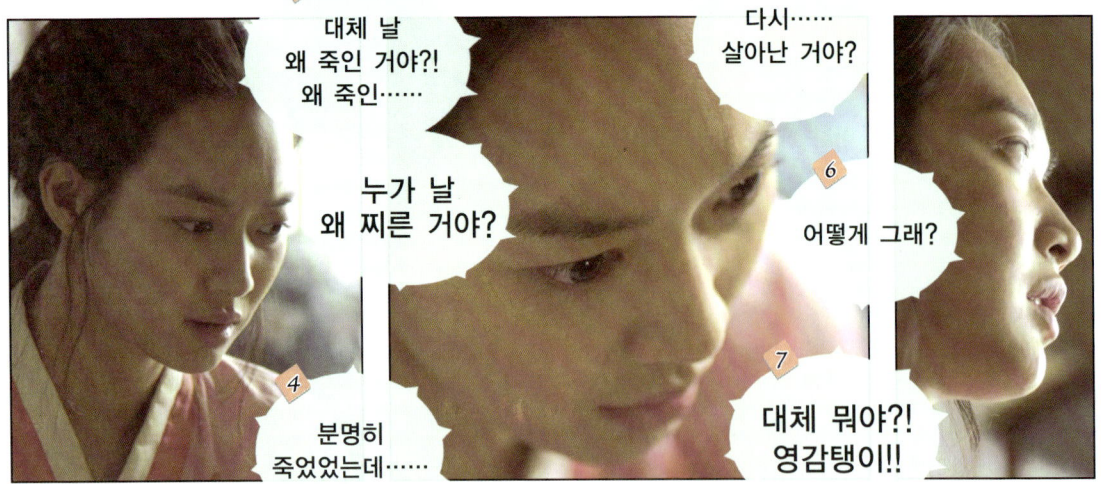

① 저자……
내가 저자에게
뒤를 밟힌 것이란 말인가?
허면 그 아이의 시신 역시
저자가 빼돌렸단 말인가?
대체 어떻게 알고!

밀양 관아, 사또 침소

② 무슨 일이 일어난 거야?

③ !

끙

④ 대체 날 왜 죽인 거야?! 왜 죽인……
누가 날 왜 찌른 거야?
분명히 죽었었는데……

⑤

⑥ 다시…… 살아난 거야?
어떻게 그래?

⑦ 대체 뭐야?! 영감탱이!!

---

① 这个人……难道我被他跟踪了？那么，那孩子的尸体也是他弄走的了？他到底是怎么知道的！
밀양 관아, 사또 침소：密阳衙门，使道的住所
끙：使劲的样子。

② 发生了什么事情？

③ 到底是谁杀了我啊？为什么……是谁，为什么要用刀刺我？

④ 我分明是死了啊……

⑤ 难道又……活过来了？

⑥ 怎么会那样？

⑦ 到底怎么回事啊？死老头子！

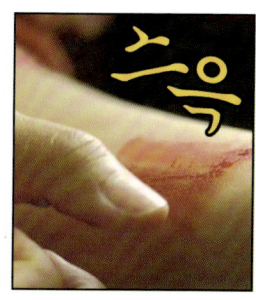

폭：用力刺的样子。
윽：哎哟！（呻吟声）
스윽：轻轻擦的样子。

1. 让我回来寻找真相，却又见死不救。我以为自己死了呢，可又活了过来……
2. 到底为什么这样对我啊？要我怎么样啊？我到底算什么？是人还是什么啊？

관아 마당：衙门院内

3. 这……这都是什么啊，使道？
4. 遗物一个都不要漏掉，全部收好。

천상 무극정

1. 명부에도 없는 죽음이 생긴 게 400년쯤 됐지?

정말 골치 아픈 사건이야. 육신도 혼도 깜쪽 같이.

2. 제가 부족한 탓입니다.

3. 시신들이 은닉된 장소가 곧 드러날 거야.

4. 너도 곧 할 일이 있을 거다. 이젠 해결할 때가 됐지.

5. 상제……

6. 응.

7. 그 아이, 아랑 말입니다……

8. 그때……그 아이의 오라를 풀어 준 이가…… 혹 상제십니까?

생긋

……

천상 무극정 : 天上 无极亭
1. 发生那些连生死簿上都没有记载的死亡事件也有四百年了吧？这事真让人头疼。肉体和灵魂都消失得无影无踪的。
2. 怪我太无能了。
3. 藏匿尸身的地方马上要被找到了。
4. 你马上也要有事情做了。这件事也到了该解决的时候了。
5. 玉帝……
6. 嗯。
7. 那个孩子，我说的是阿娘……
8. 那时候……帮她解绑的人……是您吗？

생긋 : 微笑的样子。

① 말씀하신 대로 유류품을 전부……

② 이게 다야?

③ 예? ……예에. 이게 답니다요.

④ 없다. 어머니의 물건 같은 건 없어……

그래……대체 내가 무슨 말도 안 되는 생각을 한 거야? 저 안에 계실 리가 없지. 일을 당하셨음 분명히 혼이라도 날 찾아오셨을 거야.

달그락：搬运东西时发出的碰撞声。

① 按照您说的，所有遗物都……

탁：走路发出的声音。

뒤적："뒤적거리다"的词根，表示翻找的样子。

② 就这些吗？

③ 啊？是，是。就这些了。

④ 没有。没有娘的东西……是啊……我到底在想什么呢？不可能在那里面嘛。如果娘被害了，至少娘的魂也会来找我啊。

215

1. 可……可是使……使道，如果把那……那些东西都放到衙门里……
2. 发簪为什么在那里啊？到底发生了什么事情？
3. 干什么啊！
   팍：一把抓住的样子。
4. 干什么啊？去哪里啊？
   휘익：拉起（阿娘）就走的样子。
5. 放开我！告诉我去哪里！
6. 怎么能有这么恐怖的东西。
7. 要怎么查那些尸骨的身份，又怎么抓那些犯人……
8. 你们这些人！现在重要的不是那个！
9. 从现在开始，所有人的目光都会转向密阳。那么我们的小仓库还怎么守，我们又怎么活？
10. 那……那么……就会有很多很多人来到这里……

1. 那……那样的话，我们也就完了……
2. 才知道啊？我就一直担心，结果这使道终于还是惹出事了……
3. 那个使道，可怎么办好啊？
4. 把他活埋了得了……
5. 啊？
6. 那些……全部都是从那里挖出来的？
7. 是啊。
8. 那为什么要带我去那里啊？
9. 需要你啊。
10. 我问你为什么！
11. 这个，你知道是什么吧？
12. 你之前戴着的那个我娘的发簪，这个就是我在那边找到的。
13. 什么？

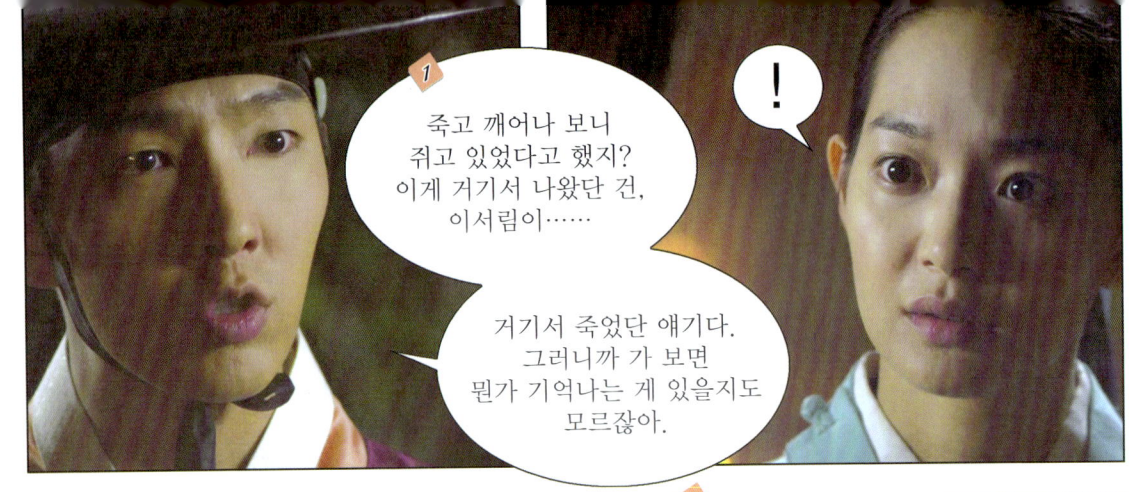

1. 你说过，你死后醒来发现手里拿着它，是吧？在那里找到这个，就说明李书琳……就是在那死的。所以说去那边看看，或许你可以想起什么。
2. 不要。
3. 什么？
4. 要是因为那个就能在那里想起什么，那昨天晚上，在那里醒过来的时候，我就应该想起来啊。
5. 昨天是昨天。
6. 反正我以后再去。
7. 以后？你什么意思啊！
8. 都说了我不去！
9. 到底为什么啊！
10. 我害怕！不想再去第二次了！总觉得去了那里我又会死掉。

1. 死了不是还可以再活过来吗？你担心什么！
2. 记忆？是啊，我确实想起一件事来。就是李书琳死的瞬间那种特别恐怖的感觉。使道你没死过不知道吧？
3. 之前因为失忆，我也不知道。但是经历过才发现真的非常恐怖。所以我要先缓一缓，打起精神。
4. 你好好听着。不管我死亡的真相是不是在那里，至少现在我不想去。我要在我想知道的时候知道，想去的时候再去。不是你想知道、你想去的时候！我要在我想去的时候再去！不是现在！

홍련 집：红莲的家

5. 骨墓……被发现了？

1. 죄송합니다.
2. 시신을 가져간 것도, 골묘를 찾은 것도 모두 그 사또란 자의 소행이란 말이냐?
3. 죽여라. 그자를 죽이고 시신을 찾아와. 시신은 증거가 될 것이니 어떻게든 찾아와야 할 것이다.
4. 알겠습니다.
5. 너를 어찌할 것인지는 그 후에 생각해 보겠다.
6. ……고……골묘는 어찌 처리할까요?
7. 네 애비가 알아서 할 것이야.
8. 난 네놈이 윤달 보름만 망쳤는 줄 알았다.

탁
멈칫
껄껄

① 对不起！
② 你是说，移走尸体，找到骨墓，都是那个使道所为吗？
③ 杀了他。杀了他之后找到尸体。尸体会留作证据，所以一定要找到。
④ 知道了。
⑤ 至于怎么处置你，等事情办完之后我再想想。
⑥ 那骨……骨墓怎么处理呢？
⑦ 你爹会处理的。
  탁：走路发出的声音。
  멈칫：突然停住。
  껄껄：哈哈大笑的样子。
⑧ 我还以为你小子只是毁了闰月十五那天而已。

① 看来我们的缘分也到尽头了。其实假扮父子的游戏偶尔还觉得挺有趣的。你这个没用的家伙。
획：迅速转身离开的样子。
저벅：踱步的声音。

② 这老头真是晦气！

③ 夫人。那么我要做点什么，才能……
컥：哎呀！（呻吟声）

④ 夫……夫人……，我……我……
털썩：瘫倒在地的样子。

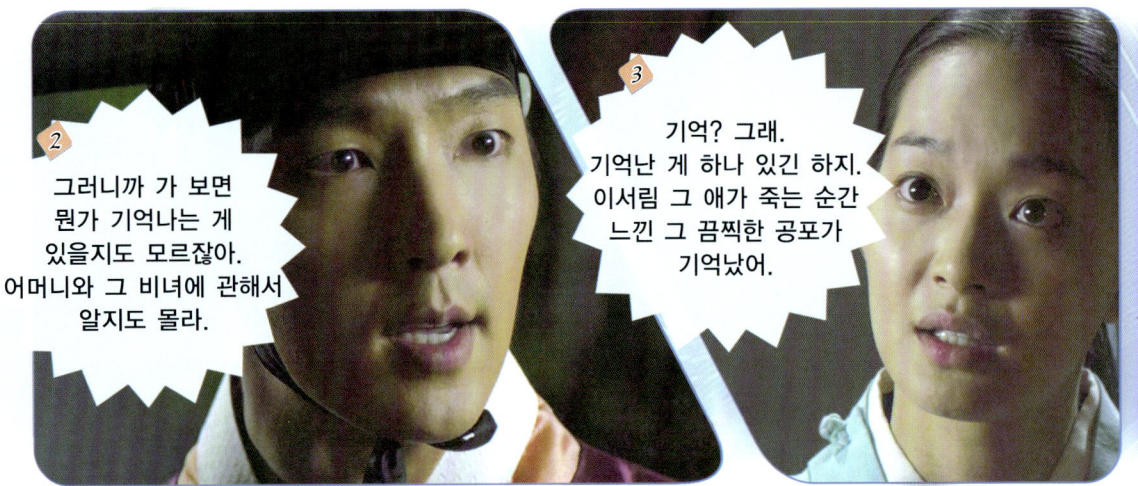

1. 为什么会死在那样的地方啊，李书琳？
2. 所以你去看看或许还能想起点什么呢。或许还能知道关于我娘和那个发簪的什么事情。
3. 记忆？是啊，我确实能想起一件事来。就是李书琳死的瞬间那种特别恐怖的感觉。
4. 为什么在那么多记忆中偏偏只想起这个啊！直接记起那个凶手的长相该多好啊！
5. 死亡的真相……

1. 是啊，寻找我的死亡真相确实是要从李书琳的死开始查。在那么多记忆中，偏偏想起死亡那一瞬间的感觉……
2. 刚回到人世间就发生了能让我想起那种感觉的事情……
3. 开始……
4. 这是意味着已经开始了吗？难道是我开始恢复关于死亡真相的记忆了吗？
5. 死老头子，虽然不知道你耍了什么花招……
   사박："사박거리다" 的词根，表示走在草丛中的脚步声。
6. 但是随便你。我都会解开的！

다다다 : 飞跑时发出的声音。
척 : (把灯笼) 取下来的样子。
덜덜 : 吓得哆嗦的样子。
끼익 : 推开门时 "咯吱" 的声音。
서낭당 : 城隍庙

1. 哼！什么也想不起来！
2. 死老头子！继续这样耍我是吧！
3. 哼！
삐긋：走路扭到脚的样子。

쿵：摔倒时发出的声音。
화악：从后面迅速拔出（发簪）的样子。
4. 什么啊？

어둠의 그림자 ①

팟

슬금

빼꼼

관아 앞

서성 서성

> 기억실조증.
> 무슨 말인지 알겠으니
> 이제 그만 들어와라. ②

획

---

① 黑暗里的影子
팟:从高处跳下的样子。
슬금:不声不响地,悄悄地
빼꼼:透过狭窄的缝隙或小孔偷窥的样子。
관아 앞:衙门前

서성:"서성거리다"的词根,表示来回踱步的样子。

② 失忆症,我明白你的意思了。赶紧回来吧。
획:迅速转过头去看的样子。

① 이 자식.
진짜……아무리
전직이 귀신이었어도
밤길 무서운 줄을
이렇게 모르니……

오늘 김 첨지네
제사래~

빨리 가자.

② 저것들한테 물어보면
뭣 좀 알려나……?

에이~
됐다. 됐어.

……

헉

③ 지금이다.

④ 이 밤이 가기 전에
시신까지 찾으려면
더는 지체할 수 없어.

싸악

⑤ 사또오~!

!

멈칫!!

---

① 这家伙，真是的……就算之前做过鬼，也不能这样不怕走夜路啊……
오늘 김 첨지네 제사래：今天是老金头的祭日。
빨리 가자：快点走吧。

② 要不问问他们，是不是能知道点什么啊？
에이~됐다. 됐어：哎呀，算了，算了。

③ 就是现在。

④ 要在天亮之前找到尸体的话，不能再耽搁了。
싸악：拔出剑的样子。

⑤ 使道！
멈칫：突然停住。

227

① 使道！
다다다：飞跑时发出的声音。
② 去哪了才回来！
③ 我……我……想起来点事情……
핵：迅速转身离开的样子。
④ 我想起来点事情。
⑤ 我……现在……
⑥ 我看到的是什么啊？那个孩子……那个孩子……明明已经死了啊……
쿵：受刺激的样子。
⑦ 我说我想起了一些事情啊！
⑧ 我可不是因为担心你才出来站着的。
⑨ 家里的小狗丢了，还得找找它去哪了呢。

① 你听我说啊。
② 哎呀，什么啊？
③ 我想起我手里为什么会有那个发簪了。
④ 什么？
⑤ 我从一个女人的头上拔下来的。
⑥ 像这样！

휘이：重新示范取下发簪的动作。
⑦ 像这……这样！
휙：迅速取下来的样子。
⑧ 什……什么样的女人啊？长什么样啊？
긁적："긁적거리다"的词根，表示抓耳挠腮的样子。
⑨ 那我就不知道了。

1. 뭐? 생각 났다며?!
2. 뒷통수밖에 안 보였어. 아니, 비녀 꽂힌 쪽머리밖에 안 보였어.
3. 잘 생각해 봐!
4. 아! 이 쪽머리밖에 안 보였다구!
5. 좋아, 근데 비녀는 왜 뽑게 됐어?
6. 몰라.
7. 몰라?

꿈벅 꿈벅

1 什么？你不是想起来了吗？
2 我只看见后脑勺了。不对，只看见戴着簪子的发髻。
3 那你再好好想想啊！
4 哎呀！我都说了，只看到了发髻。
5 好吧。那你为什么要拔下发簪啊？
6 不知道。
7 不知道？

꿈벅：点头的样子。

1. 哎呀，那你好好想想当时的心情。是感觉危险、着急，还是心烦？
2. 想不起来。
3. 哎呀！那你到底想起什么了啊！
4. 拔发簪！后脑勺！发髻！我说多少遍了！
5. 不过……你怎么突然想起那些了？
6. 我去那里了。那个奇怪又恐怖的地方。
7. 什么？你不是说害怕不敢去吗？
8. 都说了我想去的时候会去的！
9. 你要去倒是找我一起去啊。你不是害怕嘛。
10. 哎呀，算了。就算一起去，你也帮不上什么忙。肯定只会逼着我想你娘的事。我也只会因为你这个奶嘴男分散我的注意力。

1 喂!
버럭:勃然大怒的样子。

2 哎呀,奶嘴男!
획:突然转身离开的样子。

3 公子?

4 你不是那天那位公子吗?

5 什么事情?

6 不……不是……我以为认错人了呢。之前以为你是逻卒,原来是个女子。

7 是啊。当时因为有点状况,所以暂时装扮了一下。没想到还能在这里见到你。我是阿娘。

8 快点走吧,夜已经很深了。
핵:迅速转身离开的样子。

9 不管怎么样,见到你很高兴!如果有机会,我们再见吧!

10 竟然没死……竟然没死……我这是犯了什么低级的错误啊?这事该如何向夫人禀报?

홍련 집

1. 대감 이러는 것이 슬슬 성가셔지기 시작하는군요.

2. 내 대감을 살릴까 주왈을 살릴까 고민을 좀 하였습니다. 저 아이가 저리 장성했으니 대감의 자리를 채울 수 있을 것 같기도 하여……

어찌 하오리까?

부들 부들 부들 부들

3. 허나 아직은 대감이 해 주셔야 할 일들이 있군요.

4. 이……이 비……빌어먹을 벼……병을 고……고쳐만 주시면……뭐……뭐든 하겠소.

쓱

5. 마음 놓지 마라……

6. 네놈도 곧 겪게 될 것이니.

홍련 집：红莲的家

① 大人您这个样子，也开始让人厌烦了。
② 我考虑了一下，到底是救您，还是救朱曰。如今那孩子长大了，好像也可以接管你的位置了……您说我该怎么办呢？
부들："부들거리다"的词根，表示身体发抖的样子。
③ 不过现在还有事情需要您做。
④ 只要帮我治……治好我这……这该死的病，让我做什……什么都行。
쓱：轻轻解开衣带的样子。
⑤ 你别以为这就可以放心了……
⑥ 你小子马上也会经历这些的。

233

다음 날, 돌쇠 방

1. 왜 그러고 있는 거야?
2. 몰라 물어?
3. 나 골묘에 갈 건데 같이 좀 가자.
4. 돌았나……?
5. 영 못 일어나겠어?
6. 대감마님께 알려야 해. 장정들 풀어서라도 끌고 가야지!

탁
벌떡
휙
멈칫
주춤
멈칫
에이씨

7. 아! 진짜 왜 저런데에~!? 거긴 왜 또 가아~!?

다음 날, 돌쇠 방 : 第二天，石铁的房间

1. 你怎么了？
2. 明知故问。
3. 我要去趟骨墓，一起去吧。
4. 疯了吗？
5. 真的起不来了？

탁 : 关门的声音。
벌떡 : 突然起身的样子。

6. 我得告诉老爷去。找几个人拽也得把他拽回家去！

휙 : 迅速转身的样子。
멈칫 : 突然停住。
주춤 : 迟疑的样子。
에이씨 : 哼!（委屈）

7. 哎呀！真是的，怎么这样啊！又去那里做什么啊！

1. 망할 영감탱이! 사기칠 게 없어서 보름달 갖고 사기를 쳐?!
2. 가만 있어 봐. 보름달 하나 날리고 두 개 남았는데……
3. 이틀 지났으니까……
4. 에잇!
5. 어디 간거야?
   드륵
6. 이제 어째야 합니까?
7. 묻어 버리세.
8. 아! 자넨 어제부터 뭘 자꾸 묻으라는 겐가?!

관아 툇마루

1. 该死的老头子！竟然拿满月来耍我！
2. 等等。三个满月，现在已经没了一个，还剩下两个……
3. 又过了两天……
4. 哎呀！
5. 去哪里了？
   드륵：推开门的声音。

관아 툇마루：衙门檐廊
6. 现在怎么办啊？
7. 埋了吧。
8. 喂！你怎么从昨天开始就一直说要埋掉啊？

1 헉!?

2 까짓 꺼, 없애고 귀신 짓이라 알리세. 하나 더 보탠들 뭐가 이상하겠나?

3 그렇다면 우리가 살……살…… 살……

4 없애는 게 최선일세.

5 ……어…… 어찌하면 되겠나……? 바……밤에 자객을 맞은 것처럼 꾸미면.

6 밤까지 어찌 기다리나?! 지금 사또는 걸어다니는 화약통일세.

7 허면 어쩌잔 말인가?!

8 최대한 빨리, 할 수 있으면 지금이라도 당장.

9 지금?

10 당장?

11 어! 영감들!

12 옴마야!

속닥

화들짝

---

1 吃惊的样子。
2 有什么啊，除掉他，就说是鬼闹的。多死一个又何妨？
　속닥："속닥거리다"的词根，表示窃窃私语的样子。
3 那我们就杀……杀……杀……
4 最好还是除掉他。
5 那怎……怎么办？要不就伪造成夜……夜里遭刺杀了一样。
6 怎么能等到晚上呢？使道现在就是个会行走的火药桶。
7 那你说怎么办啊？
8 要尽快，如果可以，现在马上行动都行。
9 现在？
10 马上？
11 喂！老头子们！
12 妈呀！
　화들짝：吓一跳的样子。

쭈뼛: 感到害怕或受惊吓的样子。
① 사또 못 봤소?!
② 사……사또가 자객을, 아니, 아니 계시는가?
③ 어디 갔지……?
④ 어! 돌쇠야!
멈칫: 突然停住。
빠직: 受刺激的样子。
후다닥: 迅速起身跑过去的样子。
⑤ 돌쇠야!

① 看见使道了吗?
② 使……使道他被刺客……不,不是,他不在吗?
③ 去哪了啊?
④ 喂!石铁!

⑥ 돌쇠가 뉘 집 개 이름이냐? 오? 언제 봤다고 돌쇠, 돌쇠하는 거냐? 오?!
⑦ 그럼 돌쇠를 쇠돌이라고 하나? 쇠돌이?
⑧ 사또 못 봤어?

⑥ 石铁又不是谁家的小狗。喂,我们又不熟,为什么"石铁、石铁"地乱叫?啊?
⑦ 那还能管"石铁"叫"铁石"啊?铁石?
킥킥: 忍不住笑出声来的样子。
⑧ 没看见使道吗?

1. 使道又不是你朋友，"使道"什么"使道"……
2. 那我叫什么啊？难道叫"道使"啊？
3. 我问你看见使道没有？
4. 哎呀！不知道……说了去骨墓，就应该是去骨墓了吧……
5. 什么？他自己去的吗？明明说好一起去的！
   으씨：哎呀！（烦躁）
6. 一………一起……
7. 这可是千载难逢的好机会啊！
8. 嗯？
9. 不是说使道自己去了骨墓吗？
10. 这样处理起来也方便啊。既然在骨墓，直接在那把他埋了不就行了吗？
11. 你啊……真是天才啊！

1. 오늘의 운세 1전!
오늘의 운세 1전이오~
어제의 운세는 덤으로 봐 준다오~

저자 거리

2. 설마 오늘은 안 만나겠지. 원래 세 번째 만남은 아니 만남이 좋은 법이니.

3. 운세 보실라구?

탁

4. 돌팔이. 또 나와 있는감?

5. 이런 씨~

안돼!

6. 어쭈? 눈에 힘 안 빼?

부릅

7.

8. 부적 하나 써 줄 수 있는가?

9. 부적? 뭔 부적?

부릅

10. 계집 떼어내는 부적 말일세.

11. 계집 떼어내는?

저자 거리：集市

1. 今天的运势一文钱！看今天的运势一文钱啦！再赠送昨天的运势。
2. 今天应该不会再碰到了吧。俗话说："事不过三"，再见面就不是什么好事了。
3. 您要算一卦吗？
   탁：一下出现在（巫婆）面前的样子。
4. 你这个江湖骗子。又出来了？
5. 哼！
6. 哎呀，敢瞪我。

부릅：瞪大眼睛的样子。

7. 那又怎样！
8. 能给我画符咒吗？
9. 符咒？什么符咒？
10. 能甩掉丫头的符咒？
11. 甩掉丫头？

239

슬쩍

1. 못 써?
2. 쓰지! 써! 자네 잘 왔네. 잘 왔어. 계집 떼어내는 부적.
3. 자! 어디까지 줬나? 마음만 주면 한 냥인데 딴 것도 줬으면 부적이 좀 복잡해.
4. 잉? 주긴 뭘 줘?
5. 그러니까 계집과 관계가……
6. 뭐?! 관계를?! 이놈의 망할 돌팔이! 머릿속에 뭐가 들은 겨? 이 음~탕한 여편네!
7. 아니, 그게 아니고 관계를 알아야.
8. 닥치지 못혀! 우리 되련님 몸은 백옥처럼 깨끗하고 순결한 몸이여!

와락

더듬 더듬

쾅

헤롱 헤롱 헤롱

슬쩍：悄悄地，暗暗地
1. 画不了吗？
2. 可以！可以的！你真是找对人了。找对人了。甩掉丫头的符咒。
3. 来。告诉我到哪一步了？如果只是把心给她了，那得一两，如果还给了别的，那符咒画起来就比较复杂了。
4. 嗯？给，给什么啊？
5. 就是说他和那个丫头的关系……

와락：用力抓住的样子。
6. 什么？关系？你脑子里想什么呢？这个猥琐的女人！
7. 不，不是，我得知道他们的关系才行。
8. 你给我闭嘴！我们少爷纯洁着呢！

더듬："더듬거리다"的词根，表示摸索或触摸某物。
쾅：用锅盖砸头部时发出的声音。
헤롱：（被打得）头晕眼花的样子。

240

서낭당 뒷골묘

두리번

두리번

갸우뚱

1 이상해……
여기도 귀신이
하나도 없어.

2 저 많은 혼들이
전부 어디로 갔지?
전부 저승에 갔을 리는
없는데……

3 역시
아무 것도 없어……

서낭당 뒷골묘 : 城隍庙后面的骨墓
두리번 : "두리번거리다"的词根，表示左顾右盼的样子。

1 奇怪……这里也没有鬼。
갸우뚱 : 歪着脑袋的样子。
2 那么多鬼魂都去哪里了？不可能都去了阴间啊……
3 还是什么都没有……

241

탁：贴上去的样子。

획：迅速转过头去看的样子。
더듬："더듬거리다"的词根，表示摸索或触摸某物。
후다닥：向远处跑去的样子。

툭：(从树上)取下来的样子。
쩌적：啧啧……（咂嘴声）
쿵：受到巨大刺激的样子。
휙：迅速转身的样子。

저승세계 3인방

"죽으면 저승! 살면 이승! 이 계산이 그렇게 안 되나?"

"인연이란 돌고 돌고 돌아 언젠가는 제자리로 돌아오는 것이지."

"자기를 잃으면 누구든 무엇이든 악귀가 되는 거다."

1. 阴间三人帮
2. "死了就去阴间，活着就在阳间，这有这么难吗？"
3. "缘分本来就是转来转去，最终总会回到原位。"
4. "不管是谁，也不管是什么，只要失去了自我，都会变成恶鬼。"

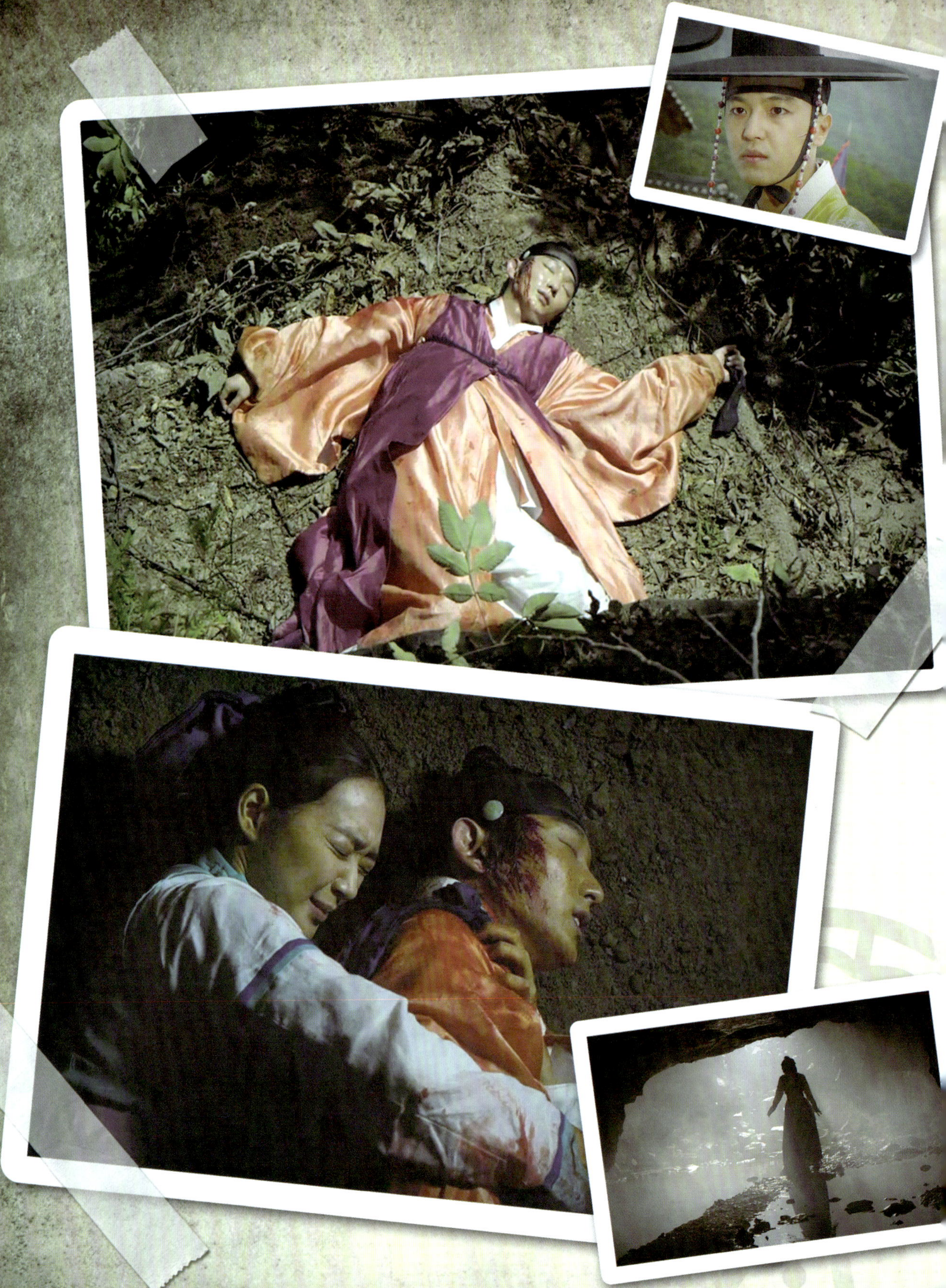

다음 이야기

◆ ◆ ◆

은오는 골묘의 정체를 밝히고자 주변을 샅샅이 뒤지던 중
사고를 당해 벼랑 아래로 추락하고, 은오를 찾아 나선 아랑 역시
그를 구하려다 사고를 당한다. 한편 홍련은 아랑을 얻기 위해
주왈에게 아랑과 가깝게 지내도록 명령하고,
최대감은 골묘 현장을 모두 덮어 버리는데……
과연 아랑은 보름달이 두 개 더 뜨기 전에 자신의
죽음의 비밀을 밝혀낼 수 있을까?

接下来的故事

银悟为了查明骨墓真相,对附近进行仔细搜查,
不幸坠落悬崖。阿娘在救银悟的途中也遭遇事故。红
莲为了得到阿娘,命令朱日主动接近阿娘。崔大人则
处理骨墓现场……
阿娘到底能否在三个月内查明自己的死亡真相?

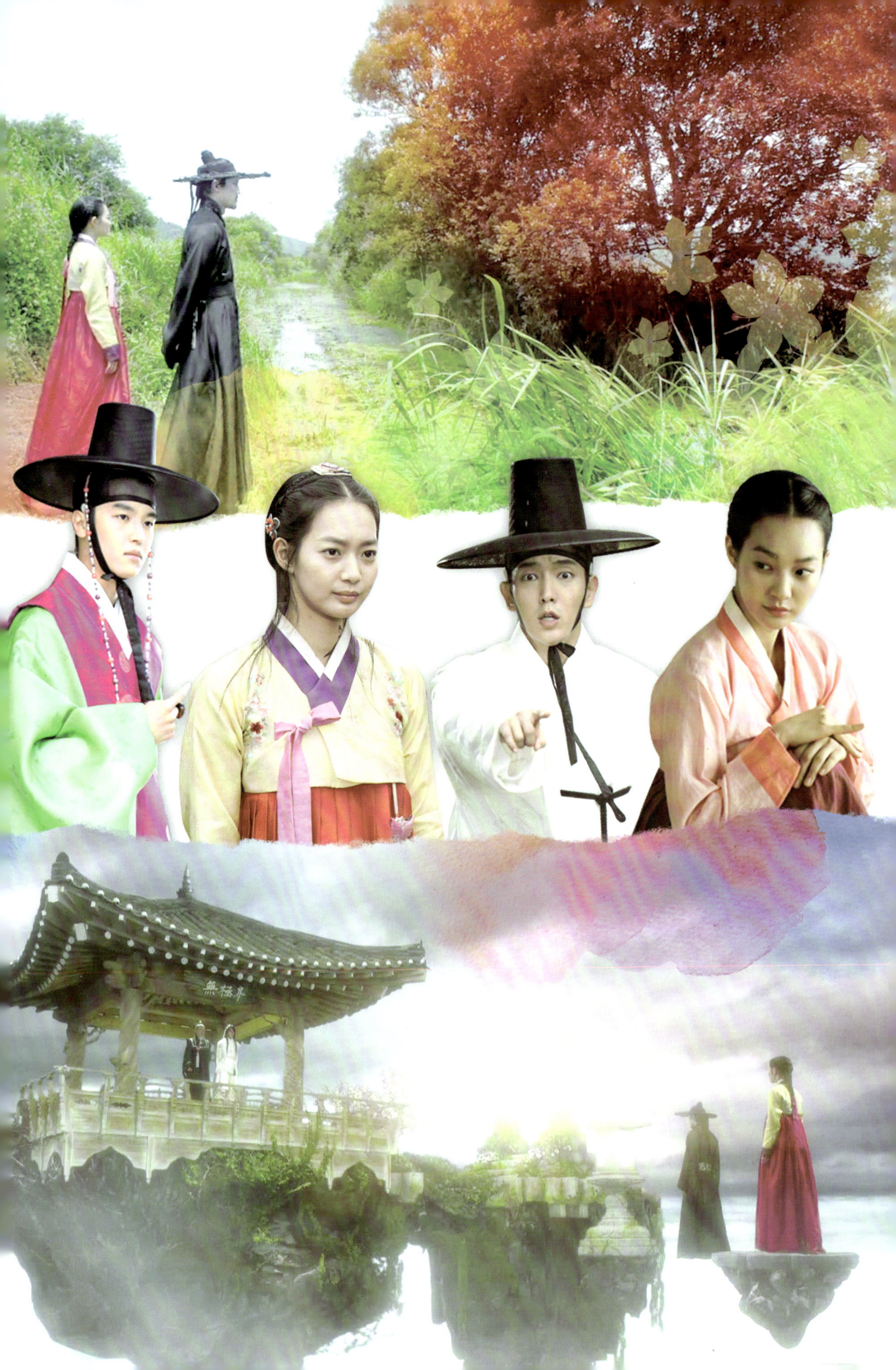

운명처럼 시작된 인연,
　　상상보다 거대한 진실

命中注定的缘分，
　　比想象更震撼的现实。

아랑사또

아랑사또

천방지축 처녀귀신, 아랑 / 신민아
"안 죽어 봤음 말을 마.
나름 다 절박한 이유들이 있다고!"

사연 있는 최대감집 도령, 주왈 / 연우진
"원망 같은 것 하지 않습니다."

꽃미남 까칠 도령, 은오 / 이준기
"부탁을 하고자 하면 사람이 되어 돌아와.
귀신은 딱 질색이니까!"

图书在版编目（CIP）数据

阿娘使道传：汉、朝/（韩）郑允静著；石小贝译.—北京：世界图书出版公司北京公司，2015.5
ISBN 978-7-5100-9681-5

Ⅰ.①阿… Ⅱ.①郑…②石… Ⅲ.①电视剧本—韩国—现代—汉语、朝鲜语（中国少数民族语言）
Ⅳ.①I312.635

中国版本图书馆CIP数据核字（2015）第094916号

Original Korean language edition was first published in September of 2012
under the title of
아랑 사또전 1 (The tale of Arang 1)
© by MBC C&I. ,Written by Jeong Yun Jeong
All rights reserved.
Simplified Chinese and Korean language Translation Copyright © 2015 Beijing World Publishing Corporation.
This edition is arranged with MBC C&I. through Pauline Kim Agency, Seoul, Korea.
No part of this publication may be reproduced, stored in a retrieval system
or transmitted in any form or by any means, mechanical, photocopying, recording,
or otherwise without a prior written permission of the Proprietor or Copyright holder.

阿娘使道传

著　　者：	[韩]郑允静
译　　者：	石小贝
责任编辑：	韩　玲
营销编辑：	贾怡飞
出　　版：	世界图书出版公司北京公司
发　　行：	世界图书出版公司北京公司
	（地址：北京朝内大街137号　邮编：100010　电话：010-64038355）
销　　售：	各地新华书店
印　　刷：	大悦印务（北京）有限公司
开　　本：	787 mm×1092 mm　1/16
印　　张：	16.5
字　　数：	220千
版　　次：	2015年6月第1版　2015年6月第1次印刷
版权登记：	01-2013-8367

ISBN 978-7-5100-9681-5　　　　　　　　　　　　　　　　　定价：48.00元

如发现印装质量问题，请与本公司联系调换。
版权所有　翻印必究